Für
Marion, Annemarie, Andreas und Gerhard
Danke, dass ihr mir Weimar gezeigt habt!

1. Auflage

Vergangenheit tötet von **Sandra Rehschuh**

SoTo Media | Verlag Sandra Oelschläger
Quirlweg 1 | 01824 Königstein OT Pfaffendorf

Druck: Printed in Germany

ISBN: 9781717919625

www.soto-media.de

Sandra Rehschuh

VERGANGENHEIT TÖTET

Ein Thüringen - Weimar - Krimi

Kapitel 1
-
Gärtner, Frauen und die Sache mit den Eseln

Tick – Tack – Tick – Tack.

Die Uhr auf dem Armaturenbrett zeigte Mitternacht. Es gab niemanden, der ihm auf seiner Fahrt entgegen kam; niemand, der ihn an seinem Vorhaben hindern konnte. Er bog von der Hauptstraße auf einen Feldweg ein, ohne den Blinker zu betätigen.

Ja, setzt das mit auf meine Rechnung, dachte er und umklammerte das Lenkrad so fest er es vermochte. *Darauf kommt es nicht mehr an.*

Er blickte starr auf den Weg, der gerade so breit war, dass er ihn mit dem Transporter befahren konnte. Was links und rechts von diesem lag, nahm er nicht länger wahr. Tunnelblick, glaubte er, nannten das die gewöhnlichen Menschen. Ein heißeres Lachen drang aus seiner Kehle. Gewöhnliche Menschen. Das waren sie alle und er verabscheute sie zu tiefst.

Er konzentrierte sich wieder auf die Fahrt und verstummte. Morgen würde niemand auch nur ahnen, dass ein Fahrzeug hier entlanggerollt war. Die Besucher des Belvedere würden die Spuren zertrampelt haben, noch bevor irgendwer ihre Bedeutung erkannte.

Ein Reifen erwischte einen Stein, brachte das Gefährt zum einen Moment aus der Spur und verschwand dann unbeachtet in der Dunkelheit. Irgendwo neben ihm existierte ein Abgrund, das wusste er. Er kannte diesen Park in und auswendig. Es war ein mit Sträuchern bepflanzter, steil abfallender Hügel. Eine Sekunde lang stockte ihm der Atem, bei dem Gedanken, die Kontrolle über den Transporter zu verlieren und da hinunterzustürzen. Doch dann hob er die Oberlippe ein Stück, gleichbedeutend mit einem Grinsen, und konzentrierte sich auf den Pfad. Ihm passierte nichts. Niemals. Er musste nur auf den Weg Acht geben, den normalerweise kein

Fahrzeug befuhr. Höchstens der Gärtner mit seiner Schubkarre. Ob dieser am morgigen Tag seine Arbeit weiterhin liebte? Wahrscheinlich nicht. In der Regel fiel der erste Verdacht, spätestens seit Edgar Wallace, stets auf den Gärtner. Das Leben dieses armen Mannes war jetzt schon ruiniert. Dabei ging die Sonne noch nicht einmal auf. Aber was scherte ihn das? Ihn behandelte man auch nicht fair und nie beklagte er sich darüber. Wenn man etwas an der Realität ändern wollte, musste man es selbst in die Hand nehmen.

Wie um seine Gedanken zu bekräftigen, hörte er von der Ladefläche ein Poltern. Gefolgt von Stille. Nach einigen Sekunden wiederholte es sich – lauter.

Die Kleine wachte endlich auf. Lächelnd blickte er durch die Windschutzscheibe. *Perfektes Timing!* Langsam ging er vom Gas.

Den Brunnen am Ende des Weges konnte er trotz der Finsternis gut erkennen. Oft war er an diesem Ort gewesen und hatte das Wasser beobachtet, das aus einem Felsen herausströmte. Am Boden sammelte es sich in einem Becken, gerade so groß, dass er sich hätte hineinsetzen können.

Er schüttelte den Kopf und verschwendete nicht länger seine Gedanken daran. Er musste weiter, durfte keine Zeit verlieren.

Hinter dem Brunnen führte ein Weg entlang. An dessen Ende befand sich eine künstliche Ruine, die »Große Grotte« genannt. Schweiß trat ihm auf die Stirn. Er kam seinem Ziel näher.

Als er vor wenigen Wochen – Herrgott, waren es ernsthaft nur ein paar Wochen? – das erste Mal den Schlosspark von Belvedere in Weimar besuchte, war es dieser Anblick gewesen, der ihm den Atem raubte. Konnte ein eingestürztes Gebäude tatsächlich solch eine magische Anziehungskraft auf ihn ausüben?

Hastig nickte er.

Magie, ja, die herrschte an diesem Ort, an dem die Vergangenheit lebendig schien. Stunden, sogar Jahre schrumpften zu winzigen Augenblicken zusammen und er fühlte sich wieder jung; sah sich selbst als Kleinkind.

Er ließ den Wagen ausrollen und verharrte mit der Hand auf dem Zündschlüssel. Ein Zurück gab es seit Langem nicht mehr. Zu weit war er gegangen, zu viel hatte er riskiert, um an diesen Punkt zu gelangen. Seine Erlösung schien zum ersten Mal greifbar nahe.

Bald konnte er die Zeit zurückdrehen, alles ungeschehen machen und ein neues Leben beginnen.

Sein Herz hämmerte wie bei einem der wenigen Marathonläufe, an denen er teilgenommen hatte. Früher. Doch das lag hinter ihm, nur noch die staubige Erinnerung daran blieb. Er würde sie vergessen. Irgendwann.

Er stellte den Motor ab.

Das Mädchen musste zur Ruine hinauf laufen. Unmöglich konnte er den Weg dahin befahren. Es war ein heiliger Ort, an dem banale Dinge wie ein Auto keine Existenzberechtigung besaßen. Das Risiko, den Zauber dieses Platzes zu zerstören, erschien ihm zu groß.

Er stieg aus, drückte die Tür hinter sich ins Schloss und öffnete die Schiebetüre des Transporters auf der Beifahrerseite.

Schreckgeweitete Augen starrten aus der Dunkelheit zu ihm empor. Er konnte die Farbe nicht erkennen, aber letztendlich spielte sie auch keine Rolle. Ein nebensächliches Detail. Dennoch wusste er, dass er diesen Anblick höchstwahrscheinlich seinen Lebtag nicht mehr vergaß.

Lächelnd trat er einen Schritt näher. Er verspürte weder Angst, noch Trauer oder gar Mitleid. Die Hoffnung auf eine bessere Zukunft hatte ihn mit eisernen Klauen an diesen Ort getrieben und schütze ihn vor diesen unbedeutenden Empfindungen.

Tief atmete er die kühle Nachtluft ein, die für die kommenden Stunden einen Regenschauer versprach.

Die Kleine kroch zurück, tollpatschig, mit ihren gefesselten Händen, und stoppte erst, als sie die

Trennwand zwischen Ladefläche und Fahrerkabine erreichte.

Mit dem Zeigefinger winkte er sie heran. Sie reagierte nicht.

Er biss sich auf die Lippen, unterdrückte einen Fluch und beugte sich zu ihr herab. An einem Fuß zog er sie durch das Fahrzeug. Wie von Sinnen warf sie den Kopf umher, versuchte zu schreien, doch der Schal vor ihrem Mund erstickte jeden Klang. Er packte sie an den Haaren, zerrte sie auf die Beine. Im nächsten Moment sackte sie in seinen Armen zusammen. Lautlos fluchend ergab er sich seinem Schicksal. Dann musste er sie halt hinter sich herschleifen. Ein notwendiges Übel. Seine Pläne blieben davon unberührt.

Im nächsten Moment bäumte sie sich erneut auf, schlug um sich, versuchte, ihn zu treten. Einmal. Zweimal. Sie erwischte ihn nicht und gab den Widerstand so abrupt auf, wie sie ihn begonnen hatte.

Ihr Wille zu leben ist nicht gerade groß, stellte er überrascht fest und zerrte sie weiter.

Keuchend verlangsamte er den Schritt. Er wünschte sich, sie würde ihm ein wenig entgegen kommen, wenigstens ein paar Schritte allein gehen, denn sie war verdammt schwer. Doch letzten Endes war es bedeutungslos. Frauen waren dumme Esel, die nur arbeiteten, wenn sie sich eine Belohnung davon versprachen. Der Fluch dieses Zeitalters. Warum konnten sie nicht wie früher sein? Zuhause am Herd bleiben, ihre Männer und Kinder versorgen und gehorchen? Diese verfluchte Emanzipation hatte alles zerstört.

Egal. Sein Kontakt zu dieser Spezies Mensch war kaum erwähnenswert. Frauen strengten ihn an - in sämtlichen Lebenslagen. Distanz war die einzige Art von Beziehung, die er mit ihnen einging. Weshalb sollte es ihn also scheren, wenn er dieses eine Mal in den sauren Apfel biss?

Warum macht sie sich so schwer?

Schniefend erreichte er den Eingang zur Großen Grotte. Jeder Atemzug brannte in seinem Brustkorb wie flüssiges Feuer. Doch der Anblick der Ruine ließ ihn die Schmerzen vergessen. Durch den Bauzaun starrte er einen Moment lang in ihr Inneres. Sein Traum, einmal darin zu stehen oder gar irgendwann in ihr zu leben, rückte in weite Ferne.

Die Decke war eingebrochen und der Zugang lebensgefährlich. Obwohl er sich nur vor wenigen Dingen fürchtete, schaffte es die Vorstellung, bei lebendigem Leib begraben zu werden, ihm Angst einzujagen.

Er konnte warten. Warten, dass irgendwer das wunderbare Gemäuer instand setzte und ihm somit eine neue Heimat schuf.

Das Jammern der Kleinen riss ihn aus seinen Gedanken.

Er wollte nicht, dass sie Tränen vergoss. Sie sollte sich dieses Meisterstück der Baukunst anschauen, ehrfürchtig den Atem anhalten und den Anblick genießen.

Den Atem anhalten – oh ja. Er biss sich auf die Lippen, unterdrückte ein Kichern, und wandte sich von ihr ab.

Er durfte nicht den Fehler machen, eine Beziehung zu ihr aufzubauen. Weder durch ein unkontrolliertes Lachen noch durch einen Dialog. Jede dieser Abweichungen von seinem Plan brachte ihn in Gefahr. Seine Aufgabe musste er jetzt erledigen. In dieser Nacht, bevor er den Mut verlor.

Fest packte er sie an der Schulter, zerrte sie an der Ruine vorbei, ohne sie eines weiteren Blickes zu würdigen. Der Weg wurde ab hier steiler. Eine unangenehme Nebensächlichkeit, die ihn aber kaum störte. Konzentriert sah er zu Boden, setzte einen Schritt nach dem anderen, spürte kaum noch das Gewicht dieser jungen Frau, die seine Fahrkarte in die Freiheit bedeutete.

Eine kühle Nachtbrise umgab ihn, ließ ihn einen Moment innehalten und aufsehen. Vor sich erkannte er sein endgültiges Ziel. Die Endstation, wenn man es so nennen wollte. Das Blut rauschte in seinen Ohren, übertönte das Keuchen seines Opfers.

Vor ihm erhob sich die Aussichtsplattform der Ruine. Einst stand die Elite der Poeten auf ihr; sie ließen ihre Blicke in das Tal schweifen. Dass diese Plattform das Dach seiner geliebten Grotte darstellte, war nur das Tüpfelchen auf dem berühmten ›I‹.

Heutzutage hatte man sie abgesperrt. Zu groß schien die Gefahr, dass das Bauwerk darunter einstürzte. Dennoch fand er an diesem Ort die absolute Perfektion:

Die allgegenwärtige Freiheit; der Wunsch, den Wind im Gefieder zu spüren wie ein Habicht. Nur an dieser Stelle kam er seinem Traum so nah. Aufsteigen und davonfliegen. Keine Sorgen, keine Verpflichtungen zu haben. Einfach nur glücklich sein.

Sekunden verstrichen, in denen er die Aussicht genoss und beinahe vergaß, weswegen er eigentlich gekommen war.

Das Zerren an seinem Arm riss ihn in die Realität zurück. Brummend blickte er die Studentin an und kontrollierte ihre Handfesseln. Sicher war sicher.

Erst nachdem er sich überzeugt hatte, dass sie sich unmöglich daraus befreien konnte, ließ er von ihr ab und wandte sich dem Gebüsch neben dem Weg zu.

Wo ist dieser ... Ah, ja!

Seine Finger glitten über die raue Oberfläche eines Seiles, das er hier versteckt hatte. Beherzt griff er zu, schüttelte die anhaftenden Blätter ab und drehte sich herum.

Die große Eiche. Das Symbol für die Ewigkeit.

In voller Pracht streckten die Bäume ihre Zweige über den Park, verdeckten den wolkenverhangenen Himmel, an dem der Mond in dieser Nacht nur selten zu sehen war.

Zielsicher ging er auf sie zu, schwankte zwischen zwei Stämmen und entschied sich für den Rechten. Diese Eiche war stark, doch niedrig genug, um bequem an ihre unteren Äste zu gelangen. Er warf seinen Strick über einen Ast, den ein großer Mann vielleicht mit seinen Fingerspitzen erreicht hätte. Das Mädchen jedoch würde keine Chance haben, den Boden darunter zu berühren.

Die Enden des Seils verknotete er, bis eine Schlaufe entstand. Zufrieden trat er zurück, betrachtete sein Werk und nickte anerkennend. Es erfüllte seinen Zweck.

Die Kleine schien endlich zu begreifen, auf welche Art ihr Schicksal endete. Sie erwachte aus ihrer Starre, schrie nicht, sondern rannte, soweit es ihre Fesselung zuließ, ohne Vorwarnung los. Sie stolperte über den Weg, den sie gekommen waren, und geriet mehr als einmal ins Straucheln. Wie durch ein Wunder schaffte sie es, sich auf den Beinen zu halten.

Seufzend blickte er ihr nach. Wenn sie den Abhang hinabrutschte, gab das Spuren, die er nicht brauchte. Ausgerissene Grasbüschel, geknickte Zweige oder gar Fußabdrücke. Das musste er verhindern! Ohne eine weitere Sekunde zu zögern, lief er los. Die Distanz zwischen ihnen verringerte sich mit jedem Schritt. Ihre Schuhe mit den Trichterabsätzen waren eindeutig nicht für einen Wettlauf geeignet.

Der Kies knirschte unter ihm und er konnte das süßliche Parfüm der Studentin riechen, das sich mit ihrem Schweiß vermischte. Süß und streng zugleich. Tief sog er den Duft ein und beschleunigte noch einmal.

Auf Höhe des Transporters bekam er sie endlich zu fassen und verpasste ihr eine schallende Ohrfeige. Wie in Zeitlupe sah er ihren Kopf zur Seite fallen, Speichel spritze aus ihrem Mundwinkel, die Augen riss sie weit auf. Sie fiel auf die Knie und blickte winselnd zu ihm auf.

Warum musste sie ihm solche Probleme bereiten? Er packte nach ihrem Oberarm und zerrte sie brachial hinter sich her, ohne auch nur einen Ton über seine Lippen zu bringen. Der Widerstand brach; Sie folgte ihm ohne weitere Gegenwehr.

Vor der Eiche, seinem endgültigen Ziel, blieb er stehen. Sie wäre weitergelaufen, hätte er sie nicht am Arm gehalten. Er schüttelte den Kopf, führte sie an den Stamm und drückte sie gegen diesen. Die Kleine sah nicht einmal auf.

Keine zehn Schritte entfernt befand sich ein Holzstück, das wahrscheinlich bei den letzten Baumfällarbeiten liegengeblieben war. Nun diente es für sie als eine natürliche Treppe. Eine Treppe, die in den Himmel, in die Freiheit führte.

Oh ja, er tat ihr einen Gefallen. Nie wieder würde sie lernen oder sich mit Jungs plagen müssen. Vorbei die Angst um Zensuren, eine gute Ausbildung. Kein Ärger mit ihren zukünftigen Kindern. Sie würde am Ende ihres Lebens nicht alleine und vergessen sterben müssen. Gleich verfiel sie in einen tiefen Schlaf, in dem sie sich ihre Welt zusammenträumen konnte. Eine perfekte Welt. Ja, er machte ihren Traum wahr. Er half ihr, den Weg zu gehen, der ihr zustand. Wie ihre kleine perfekte Welt wohl aussah? Weite Felder und Wiesen, blauer Himmel und Sonnenschein? Ein Strand, an dem sie lag und den Wellen lauschte? Keine Regeln, keine Verpflichtungen. Nur tun, was sie wollte. Ach, zu gern würde er in ihre Fantasie eintauchen wollen. Nur für einen Moment.

Er rollte das schwere Stück eines abgesägten Stammes heran. *Der Gärtner.* Er schmunzelte über seinen detektivischen Verstand. *Gewiss doch hat er es liegengelassen. Also trug er im Endeffekt eine unstrittige Verantwortung an dem, was jetzt geschehen würde. Spätestens nach Sonnenaufgang ärgerte er sich seines Fehlers wegen schwarz.*

Ein Eichelhäher lärmte im angrenzenden Forst. Flügelschläge waren zu vernehmen, die Laute näherten sich und verklangen in der Finsternis. Die Stille kehrte zurück.

Er kletterte auf seine provisorische Treppe, blickte zu ihr herab. Sie stand einfach da, rührte sich nicht und ließ den Kopf hängen. Warum sie nicht versuchte zu fliehen, verstand er nicht. Nur ihre Hände waren aneinandergebunden. Sie konnte also laufen. Oder wusste sie, dass sie keine Chance hatte?

Es war ihm egal. Er zuckte mit den Schultern, zog die Schlaufe auseinander, stieg herab und ging langsam auf sie zu. Noch immer schaute sie nicht auf. Sanft legte er seine Hand auf ihren Unterarm, spürte die Kühle, die von ihr Besitz ergriffen hatte, und führte sie zu dem Holz.

Ohne ihn anzusehen, stieg sie auf diesen. Selbst als er ihr die Schlinge um den Hals legte, ging ihr Blick an ihm vorbei gen Himmel. Suchte sie sich vielleicht einen Punkt am Firmament, an dem sie als Stern leuchten wollte?

Bei dieser Idee lief ihm ein wohliger Schauer über den Rücken. Sie würde strahlen. Heller als jeder einzelne andere Stern da oben. Eine romantische Vorstellung, die ihm doch auch ein melancholisch werden ließ. Zu gern hätte er ein letztes Mal den Schrecken in ihren Augen gesehen.

Er konnte es nicht ändern. *Frauen und Esel.* Die ganze Zeit musste er daran denken. *Dumme, starrköpfige Esel.*

Mit dem Fuß stieß er das Holz an.

Es rückte keinen Zentimeter vom Platz.

Fest biss er sich auf die Lippen, unterdrückte den Wunsch zu fluchen.

Er kniete nieder, packte mit beiden Händen zu. Der Stamm ähnelte in der Größe einem Eimer; sein Umfang jedoch überbot diesen um Dimensionen. Dennoch hatte er nicht mit dessen Gewicht gerechnet. Ein Fehler! Er hatte nicht alle Eventualitäten einberechnet. Wie konnte er solch einen wichtigen Punkt übersehen? Rasch überlegte er nach Alternativen, verwarf seine Idee wieder, einen Wagenheber zu holen oder einen anderen Baumstamm zu suchen. Alles viel zu kompliziert, zu unsicher. Was, wenn sie doch noch davon lief? Er war zu weit gegangen, um jetzt alles wegen eines dummen Fehlers zu riskieren. Es gab es kein Zurück.

Mit seiner ganzen Masse warf er sich gegen das Holz. Wieder und wieder. Schweiß rann ihm über die Stirn, sein Atem ging pfeifend. Doch endlich, endlich bewegte sich dieses verfluchte Ding!

Einen Herzschlag später kippte es zur Seite, setzte sich in Bewegung und rollte den Weg hinab.

Ein erstickter Schrei drang über die Lippen des Weibes, als es den Boden unter den Füßen verlor. Sie griff nach dem Seil um ihren Hals. Doch sie konnte ihrem Schicksal nicht entkommen.

Sein Brustkorb hob und senkte sich im raschen Tempo, das Blut rauschte in seinen Ohren. Erschöpft ließ er sich an dem Stamm der Eiche nach unten gleiten, blieb dort sitzen, atmete tief ein. Er fuhr sich durch das Gesicht, ehe sein Blick in Richtung des Mädchens wanderte. Sie kämpfte; zappelte; versuchte zu kreischen, aber nur ein ersticktes Gurgeln war zu vernehmen.

Es hätte nicht so kommen müssen. Doch die Freiheit war ein wichtiges Gut. Wichtiger noch als das Leben eines unbedeutenden Menschen.

Ein kurzes, heißeres Lachen drang über seine Lippen und vermischte sich mit dem Krächzen des Eichelhähers.

Kapitel 2
-
Brötchen, Mord und ein Gedicht

»Hier Borgi! Fang!« Ein rundes, in weißes Papier verpacktes Ding auf dem Fettflecke schimmerten, beschrieb einen hohen Bogen quer durch das Büro und landete zielsicher in Arnold Borges Hand.

»Danke. Genau das, was ich jetzt brauche.« Er nickte seinem Kollegen Christian Griso zu. Sein Magen grummelte schon seit geraumer Zeit, schmerzte und meldete sich erneut mit einem bitterbösen Knurren. Lachend wickelte er sein Hackepeterbrötchen aus und biss hinein. »Du bist mein Lebensretter, weißt du das?«

»Gelle, ich bin doch der Beste?« Christian ließ sich hinter seinem Schreibtisch in den Bürosessel sinken und machte sich über seinen Proviant her. »Mensch, dass sich der Monat wieder so hinzieht. Nichts tut sich in diesem Kaff. Man könnte meinen, sämtliche Straftäter wären im Urlaub«, nuschelte er zwischen zwei Bissen, und stand auf, um sich und seinem Partner Kaffee einzuschenken.

»Sei froh. Oder willst du bei der Hitze da draußen rumsappen? Da lobe ich mir unser Büro mit seiner Klimaanlage.« Arnold schloss die Augen. Mittlerweile wurde es wirklich langweilig und die Tage schienen endlos. Der Stapel an alten Akten auf seinem Schreibtisch machte die Sache nicht besser. Gähnend würdigte er sie eines Blickes und wandte ihn wieder ab. Papier war geduldig. Ob er seine Berichte heute oder morgen schrieb, wen kümmerte das?

»Man kann es auch so sehen: Kein Auftrag, kein Mord. Also das, was wir immer wollten.« Chris knüllte das Packpapier zusammen und warf es in Richtung Mülleimer. Es landete einen guten Meter entfernt von ihm. »Mist.«

»Eigentlich hast du Recht«, stimmte Arnold zu und unterdrückte nur mühsam ein Lachen. »Aber was das

Werfen angeht, ist deine Trefferquote mehr als schlecht.«

»Zum Glück nur da.«

»Jepp.« Seit die Kommissare gemeinsam in Weimar ermittelten, war die Stadt so gut wie frei von Verbrechen. Natürlich gab es ab und an Diebstähle oder Parksünder. Morde allerdings ... Nein, die Fälle, die im Laufe eines Jahres stattfanden, konnten sie an einer Hand abzählen. Nicht zu Letzt lag dies auch an Christian Grisos nahezu übermenschlicher Intuition, die beinahe jedem Schwindel auf die Schliche kam.

»Was hast du heute Abend vor?«, erkundige sich Arnold und nahm einen Schluck Kaffee.

»Im Atrium soll ein Sommerfest stattfinden. Eventuell schnei ich dort rein. Sonst ist nicht viel los. Das nennt sich nun Sommer.«

Ach, verflucht! Was hatte er mit dieser Frage bezwecken wollen? Mit ein wenig Smalltalk die Zeit bis zum Feierabend überbrücken? Chris war ein Windhund, den niemand zum Stillsitzen überreden konnte.

Natürlich würde er zu diesem Fest gehen, sich eine Frau aussuchen, diese mit nach Hause nehmen und am Montag ihm davon berichten. *Nichts mit einem gemütlichen Abend im Biergarten,* dachte er enttäuscht.

»Geh doch mit! Da besorgen wir dir gleich etwas Ordentliches für dich zum Anziehen. Du und deine Jacketts mit Jeans … Wird Zeit, dass sich dein persönlicher Stylingberater Chris mal darum kümmert, gelle?«

Einen Atemzug lang überlegte Arnold tatsächlich, ihn zu begleiten. Vielleicht wäre das genau das Richtige, um auf andere Gedanken zu kommen? Seufzend blickte er auf das Foto auf seinem Schreibtisch. Die Farben waren ausgeblichen, doch ein Neues würde es nicht geben. Nie wieder. Susanne und Lischen strahlten ihn aus der Vergangenheit an. Zwei Jahre lag ihr gemeinsamer Todestag beinahe zurück. Zwei Jahre, in denen er noch immer nicht begreifen konnte, warum man sie ihm genommen hatte. Er spürte, wie Tränen seine Augen füllten und wischte sie hastig davon. Auch wenn Christian sein bester Freund war, vor ihm wollte er nicht weinen. Er sollte heute Abend mit ihm gehen und den ganzen Trübsinn ersäufen.

»Was ist, Borgi? Kommst du nun mit?«

Bevor er zu einer Antwort ansetzen konnte, wurde die Glastür aufgezogen.

»Jeanette, mein zauberhafter Schmetterling in der untergehenden Abendsonne«, fing Christian an zu flirten, noch ehe die Sekretärin das Büro betrat.

Arnold lächelte und wandte sich von dem Trauerspiel ab. Seit sie in ihrem Revier arbeitete, versuchte er sein Glück bei ihr. Erfolglos. Nicht einmal ein Date war bisher für ihn rausgesprungen. Eines musste er ihm aber lassen: Er gab nicht auf. Dennoch brauchte Chris dringend eine Freundin. Eine Feste und nicht so ein kindsköpfiges Mädel, wie er sie ständig abschleppte. Nein, er brauchte jemanden, der ihn an die kurze Leine nahm. Chris bei seiner vergebenen Liebesmüh um Jeanette zuzusehen, tat Arnold beinahe schon weh. Er wusste, dass er sie wirklich liebte. Doch mit seinen ganzen Frauengeschichten, mit denen er tagtäglich im Büro prahlte, konnte er verstehen, warum sich Jeanette zurückhielt. Niemand wollte einen Angeber oder Frauenheld oder gar beides in einem.

Sie verleierte die Augen und kam entschlossen auf Arnold zu, ohne Christian nur eines Blickes zu würdigen. »Jungs, es tut mir leid, dass ich eure Mittagspause unterbrechen muss. Aber es gibt Arbeit.«

Rosskastanien und Linden säumten die Allee. Deren dichtes Blätterwerk sperrte die Sonnenstrahlen aus.

»Hey, Borgi, soll ich dir was verraten?«

»Hmmm«, brummte Arnold und konzentrierte sich weiter auf das Fahren. Obwohl die Straße geradeaus ging, bildeten die unzähligen

Schatten Muster, die den Asphalt mit Leben erfüllten. Da waren Kurven zu erkennen, wo es keine gab und entgegenkommende Fahrzeuge wirkten verzerrt, als entsprängen sie einer anderen Realität. Er wusste, dass er nicht der Erste wäre, der diesen Täuschungen erlag und gegen einen der Bäume donnerte. Der Gedanke daran versetzte ihm einen Stich ins Herz, sodass es ihm trotz der sommerlichen Hitze fröstelte. Susanne und Lisa, seine Frau und seine Tochter, kamen damals bei genau solch einem Unfall ums Leben. Ein sinnloser Zusammenstoß mit einem betrunkenen Autofahrer, der auf ihre Spur geriet und sie mit sich in den Tod riss. An diesem Tag starben nicht nur seine Mädchen auf der Straße. Auch ein großer Teil seines Selbst verschwand auf nimmer wiedersehen in die ewige Dunkelheit. Wenn er an jenem Abend nur mit ihnen gefahren wäre! Der Papierkram in seinem Büro hätte warten können. Alles hätte warten können.

Fest umklammerte er das Lenkrad,

starrte auf den Asphalt, der einem Trauerband glich. Lisa war gerade zwei Jahre geworden. Zwei Jahre! *Aber selbst wenn ich mitgefahren wäre, ich hätte an ihrem Schicksal nichts ändern können. Oder?*

Der Zweifel grub sich tiefer in seinen Gedanken. Vielleicht eine winzige Lenkradbewegung, ein Abbremsen, weil Lisa ihm eine tolle Blume am Straßenrand zeigen wollte. Eine jener Kleinigkeiten, die man nicht bewusst wahrnahm und die doch so existentiell sein konnten wie das Schlagen eines Schmetterlingsflügels.

»Was? Soll ich es dir verraten oder nicht?« Christian grinste zu ihm hinüber und blickte schließlich verbissen drein, als Arnold sein Lachen nicht erwiderte. »Jetzt wohne ich ein knappes Jahrzehnt in Weimar und war noch nicht einmal in diesem Schloss-Dings.«

»Belvedere«, sagte Arnold langsam, als müsse er einem Grundschulkind ein neues Wort beibringen. »Belvedere. Ein Lustschloss, erbaut für

Herzog Ernst August dem Ersten von Sachsen-Weimar.«

Christian winkte ab. »Bitte verschone mich mit den Geschichtsdaten. Das interessiert mich mit Sicherheit ... nicht. Gibt es dort wenigstens einen Biergarten?«

»Das wundert mich gar nicht, du Kunstbanause.« Mürrisch lenkte Arnold Borge den schwarzen Mazda 6 auf den Parkplatz außerhalb des Schlossgeländes und stellte den Motor ab. Seine Laune nahm an einer rasanten Talfahrt teil. Er wollte nach Hause, sich in sein Bett verkriechen und diese dämliche Welt Welt sein lassen. All das Böse aussperren und in eine eigene, rosarote Realität eintauchen, in der alles in bester Ordnung war.

Sein Blick schweifte durch die Windschutzscheibe. Unter ihnen lag die Stadt, friedlich, wie es schien. Doch dieser Schein trog. Irgendwo da unten lief jemand herum, der das Leben eines Menschen auf dem Gewissen hatte.

»WOW! Das nenne ich einen

Ausblick, gelle?« Christian stieg aus und starrte hinunter ins Tal. »Aber wo sind die Kollegen? Und vor allem: Wo ist unsere Leiche?«

Arnold stieg aus dem Fahrzeug und zeigte mit dem Daumen hinter sich. »Dort. Ich dachte mir, ein kleiner Spaziergang könnte uns gut tun.«

Sie passierten die Hochschule für Musik auf dem Schlossgelände. Bereits jetzt pumpte Christian wie ein Maikäfer, den man zu lange in ein Glas gesteckt hatte. Dabei waren sie kaum zehn Minuten unterwegs.

»Ich dachte, du gehst regelmäßig ins Fitnessstudio?« Arnold verzog keine Miene, obwohl ihm beim Anblick des erschöpften Kommissars beinahe die Tränen kamen - vor Lachen.

»Mache ich ja. Aber ich trainiere mehr das andere.«

»Deine miesen Flirtsprüche?«, erkundigte er sich und ging schneller.

»He, warte! Das ist nicht fair!«

Christian eilte ihm hinterher und hob drohend die Faust.

***

Sein Atem ging rasselnd, als sie den Vorplatz des Schlosses erreichten. Er ließ sich am Straßenrand im Gras nieder, atmete durch und lauschte dem Plätschern des Wassers, das aus der Fontäne in einem Springbrunnen vor dem Schloss ersprang. Sonst herrschte Stille an diesem Ort. Selbst den Vögeln schien es heute zu heiß zu sein.

»Ist es noch weit?« Schweiß rann ihm von der Stirn, den er angewidert davon wischte. Hätte er gewusst, dass Arnold ihn zu einem Spies-Rutenlauf antrieb, wäre er gefahren. Die Wege waren breit genug, um mit dem Mazda durchzukommen. Weshalb fiel seinem Kollegen nur immer solcher Mumpitz ein? *Denkt er auch nur mit einer Hirnwindung daran, dass wir die Strecke zurücklaufen müssen? Nee, ohne mich! Ein Taxi oder irgendein anderes Gefährt mit mindestens vier Rädern ...* Er tastete seine Hosentaschen nach dem Mobiltelefon ab – und stockte. *Verflucht!*

Wie angewurzelt blieb er stehen. Das Handy war weg. Christian drehte sich um die eigene Achse, blickte den Weg zurück, den sie gekommen waren. Ein grausiges Gefühl beschlich ihn. Das verdammte Ding musste im Wagen liegen. Treu und brav im Handschuhfach, wo er es selbst hineingetan hatte.

»Oh Shit«, fluchte er leise. Zurückgehen und es holen – das kam nicht in Frage. Dann konnte er gleich den ganzen Weg laufen. Entmutigt ließ er die Schultern sinken. Vielleicht nahm ihn einer seiner Kollegen mit zurück aufs Revier. Oder jemand borgte ihm wenigstens ein Telefon. Die Männer würden ihn verstehen, dessen war er sicher.

Seufzend blickte er Borgi hinterher, dessen Kopf nicht einmal vor Anstrengung gerötet war. Wie, zum Henker, schaffte er das, so beherrscht, beinahe schon kühl, zu bleiben?

Langsam ging er hinter ihm her. Seit einigen Tagen schien Borgi wie ausgewechselt. Über sein frohes Gemüt legte sich ein Schatten. Tief und dunkel wie in einer sternenlosen Nacht. Seine Späße grenzten an Mobbing; eine Sache, die sie beide verabscheuten.

Was war mit ihm geschehen? Oder hatte er etwas Dummes getan? Etwas Falsches gesagt vielleicht?

Angestrengt dachte Christian nach, aber es wollte ihm partout nicht einfallen, woran es liegen konnte. So sehr er nach einer Antwort suchte, er fand keine.

»Hast du jetzt genug die Aussicht genossen? Komm, die warten bestimmt auf uns«, drängelte Borgi.

Christian sah auf, ging schneller und holte ihn ein. »Immer mit der Ruhe. Soweit ich weiß, laufen Tote nicht davon.« Er versuchte zu lächeln, aber spürte, wie es misslang. *Ach Borgi, rede mit mir. Was bedrückt dich?* Das Knirschen der Kieselsteinchen unter seinen Füßen war die einzige Antwort.

Seufzend trottete er neben seinem Partner her. Was für ein seltsamer Ort, um jemanden umzubringen. Für gewöhnlich versteckten Mörder ihre Opfer. Es sei denn ...

»Schau.« Borgi blieb stehen und zeigte auf eine Ruine, die unter ihnen, am Fuße des Hügels, lag. »Spurensicherung und zwei Streifenwagen. Ich würde sagen, wir haben unser Ziel erreicht.«

»Das hätten wir mit dem Auto auch. Außerdem verfügt das wenigstens über eine Klimaanlage.« Christian wischte sich den Schweiß von der Stirn. Die Sonne brannte unbarmherzig auf sie nieder; die Bäume standen so weit auseinander, dass sie kaum Schatten spendeten. Seine Zunge klebte am Gaumen. Irgendwo unter ihnen plätscherte ein Brunnen.

»Ich befürchte, unsere Kundin interessiert unsere Belange nicht.« Arnold starrte zu der Ruine, dem Tatort. »Keinen Toten interessiert, was aus uns Lebenden wird.«

»Borgi, ...« Diese Melancholie, die in den Worten mitschwang, ließ

Christian frösteln. Er streckte seinen Arm nach ihm aus, ließ ihn aber sinken, bevor er ihn berührte. Irgendetwas stimmte nicht mit ihm.

***

»Schön, dass Sie doch noch gekommen sind. Ich habe Sie vermisst.« Alina Votice eilte auf ihn zu, streifte sich den Handschuh ab und reichte ihm die Hand.

Einen Moment lang starrte Arnold diese an, bevor er ihren Händedruck erwiderte. Warum kam er sich in ihrer Nähe stets wie ein naives Kleinkind vor?

Lächelnd griff sie nach seinem Arm, hakte sich bei ihm unter und nickte kurz in Christians Richtung. »Ich befürchtete, dass Sie Urlaub machen.«

»Ähm, ja ...« Verwirrt blickte er von der Gerichtsmedizinerin zu seinem Partner, und erntete von ihm nur ein verschmitztes Lächeln. Hatten sich die beiden etwa zusammengetan? Na gut, das Spiel konnte er, zumindest ein Weilchen, mitspielen.

»Urlaub? Für mich nicht. Danke. Ich bin nicht so der Erholungstyp«, erklärte er rasch.

»Verstehe.« Sie lachte und zog ihn hinter sich her.

Bereitwillig folgte Arnold ihr. Der Duft von Veilchen stieg ihm in die Nase, und als er dem Geruch nachspürte, bemerkte er, dass dieser von ihr ausströmte.

Dass Alina Votice für ihn mehr empfand als nur Freundschaft, das wussten alle auf dem Revier.

Er spürte, wie ihm die Hitze in die Wangen schoss. Nein, diese Frau war ihm nicht egal. Sie schaffte es, ihm wortwörtlich die Sinne zu vernebeln. Wenn er ehrlich zu sich war, musste er sich eingestehen, dass er Alina mochte. Sogar ein wenig mehr, als gut in ihrem Job war.

Er versuchte, sich an ihre erste Begegnung zu erinnern. So sehr er aber in seinen Gedanken kramte, es wollte ihm nicht einfallen. Ein Besuch in der Pathologie? Oder ein Zusammentreffen an einem Tatort? Sie würde es ihm sagen können, wenn er fragte. Alina vergaß niemals etwas.

Doch was für ein Licht warf das auf ihn? Arnold biss sich auf die Lippen, versuchte mit ihr Schritt zu halten. Meter um Meter schien dieses Unterfangen dabei schwieriger. Seine Knochen wandelten sich in Wackelpudding, die es dennoch irgendwie schafften, ihn aufrecht zu halten.

Er sehnte sich, sie festzuhalten, sie zu liebkosen. Aber sein Herz war einer anderen Frau versprochen; auch wenn diese mit den Engeln flog.

Dieser Gedanke brachte ihn zurück auf die Erde. Er schüttelte seine Fantasien von sich, schämte sich für sie. Susanne versprach er einst sein Herz und wiederholte an ihrem Totenbett den Schwur, sie ewig zu lieben. Und nun, zwei Jahre später, sollten seine Worte in der Vergessenheit verhallen? Das durfte er nicht zulassen!

»Bist du noch da?« Alina stupste ihm zwischen die Rippen.

Einen Augenblick blieb ihm die Luft weg. »Bitte entschuldige.« Er versuchte zu lächeln. »Was sagtest du?«

»Dass wir beide gut zusammenpassen.« Sie führte ihn auf eine kleine Anhöhe hinauf.

»Wa...« Mehr brachte er nicht zustande. Hatte er sich verhört? Oder Alinas Worte falsch gedeutet? Oh Himmel, hoffentlich sah sie ihm nicht an, was in ihm vorging. Arnold schloss die Augen, atmete tief durch und sah sie an. Der Puls rauschte in seinen Ohren, als sich ihre Lippen bewegten.

»Ich meine wegen dem Urlaub«, erklärte sie und kicherte.

Erleichtert und enttäuscht zugleich schüttelte er den Kopf.

»Schon gut.« Sie winkte ab. »Das war nur ein Scherz.«

Er spürte ihre Blicke auf seinem Gesicht, doch wagte es nicht, sie anzuschauen. Sie war wie eine Medusa, die ihn in ihrem Bann gefangen hielt. Wie lange noch konnte er der Versuchung noch widerstehen?

Endlich tauchte aus dem Dunkelgrün vor ihnen ein verfallenes

Gemäuer auf. Auf kuriose Art erinnerte es ihn an ein armseliges Schloss.

»Grandios, nicht wahr? Als ich das erste Mal diesen Ort besuchte, stockte mir der Atem. Ich weiß gar nicht, wann die Ruine, manche nennen sie auch ›Große Grotte‹, schöner aussieht. In jeder Jahreszeit besitzt sie ihren Reiz. Ach, wenn ich doch nur in die Vergangenheit reisen könnte, um sie mir anzuschauen, als sie noch in einem besseren Zustand war …« Sie lächelte und kuschelte sich enger an Arnold heran. »Romantisch, nicht wahr?«

Das war es. Aber nicht der Anblick der steinernen Überbleibsel trug Schuld daran, dass sein Blut in Wallung geriet und ein Kribbeln durch seine Adern jagte.

Er wagte einen Blick auf die zierliche Frau an seiner Seite und schloss die Augen. Unter anderen Umständen, dann, wenn es Susanne und Lisa nie gegeben hätte, hätte sie ihn nur bitten müssen, mit ihr zu gehen. Doch die Tatsachen konnte er nicht ändern. Sie lebten im Hier und Jetzt. Die Vergangenheit hielt ihn fest in ihrem Griff und vielleicht kam er niemals von ihr los.

Worte drangen an sein Ohr. Sie klangen laut und falsch, schienen keinen Zusammenhang zu ergeben.

Arnold wandte sich von der Gerichtsmedizinerin ab und betrachtete die Kollegen. Kaum einen kannte er beim Namen und dennoch tuschelten sie hinter vorgehaltener Hand in einer Lautstärke, dass auch der letzte Besucher, im hintersten Winkel des Parkes, das Gesprochene vernehmen konnte.

Er ballte die Hand zu einer Faust und spürte, wie die Fingernägel in die Haut einschnitten.

»Mach dir über diese Idioten keine Sorgen. Irgendwann werden sie ihre Schandmäuler halten.« Alina lokkerte ihren Griff.

»Die wissen von nichts«, flüsterte er und versuchte, die Streifenpolizisten mit seinem Blick zu töten. Es gelang ihm nicht. Unbeeindruckt setzten sie ihren Kaffeeklatsch fort und Arnold wünschte sich, ihnen mit einer handvoll Erde die Münder zu stopfen.

»Rege dich nicht auf.« Alina zog ihn weiter mit sich.

»Keine Ahnung«, wiederholte er, dieses Mal so leise, dass er es selbst kaum hören konnte. Es war leicht, über die Gefühle fremder Menschen zu sprechen. Sich in sie hinein zu spüren, ein ganz anderes Thema.

»Wenn ich eines Tages sterben sollte, dann an einem Ort wie diesem«, erzählte sie gedankenverloren und schien die Welt um sich vergessen zu haben.

Noch bevor sie die Eichen erreichten, sah Arnold die Tote.

Jemand war so rücksichtsvoll gewesen, sie von dem Baum herunterzuheben.

Er schluckte, dann beschleunigte er seinen Schritt. Niemals würde er sich an den Anblick dieser geschändeten Leiber gewöhnen. Niemals an die leeren Augen, die den Ermittler vorwurfsvoll anstarrten. Immerzu hörte er ihre Anklagen: »Warum hast du das nicht verhindert?«

Alina löste sich von ihm, trat neben die Tote. Alle Sanftheit wich aus ihrer Stimme und nahm diesen routinierten, sachlichen Klang an, der ihm jedes Mal einen eisigen Schauer über den Rücken jagte.

Fröstelnd verschränkte er die Arme vor seiner Brust und blickte auf das Opfer.

»Sie heißt Claudia Melzer, ist 23 Jahre. Seit gestern Morgen gilt sie als vermisst.«

In ihrem Gesicht fehlte jede Spur von Make-up. Ihr zu einem Pferdeschwanz gebundenes helles Haar ließ sie jünger wirken. Eine natürliche Schönheit, eine Blume, die eben begann zu erblühen.

Arnold wandte den Blick von der zierlichen Frau ab. Wäre dieser widerliche Striemen um ihren Hals nicht, er hätte gemeint, sie schliefe. Wie konnte jemand einem Menschen so eine Grausamkeit antun? Niemals würde er es verstehen und akzeptieren erst recht nicht.

»Kannst du sagen, wann sie …« Die letzten Worte verschluckte er mit

Absicht. Sie auszusprechen brachte etwas Endgültiges mit sich. Etwas, mit dem er leben musste, was sein täglich Brot war und doch jedes Mal mit einem eisigen Schmerz in der Magengegend einherging.

Alina verstand ihn auch so. »Der Todeszeitpunkt liegt zwischen 22 Uhr gestern Abend und 2 Uhr heute Morgen. Todesursache aller Voraussicht nach durch Erdrosseln. Genaueres nach der Obduktion.«

»Wie immer«, sagte er und versuchte, für sie zu lächeln. Er spürte, wie es misslang, und gab den Versuch auf. An diesem Ort gab es keinen Platz für Scherze.

»Wie immer«, bestätigte sie ernst. »Im Übrigen haben wir das bei ihr gefunden.« Alinas Miene verfinsterte sich zusehend, als sie das durchsichtige Plastiktütchen aus ihrem Untersuchungskoffer zog. Darin erkannte Arnold ein Stück Papier mit schwarzer, verschnörkelter Schrift. »Was soll das bedeuten? Ein Abschiedsbrief?«

Sollte sie sich eigenhändig

stranguliert haben? Daran wollte er nicht glauben. Eine Frau in ihrem Alter brachte sich nicht einfach selbst um. Liebeskummer, die Pubertät und die damit verbundenen hormonellen Ausraster lagen einige Jahre hinter ihr. Ihr Erscheinen war gepflegt, keine sonstigen Verletzungen waren zu erkennen. Was also sollte sie in den Freitod getrieben haben? Nicht nur diese Zweifel bestärkten ihn in seiner Vermutung. Zu deutlich sah er die Schleifspuren, an denen die Spurensicherung arbeitete.

»Leider nein.« Alina seufzte, bevor sie weiter sprach: »Das hier … das hat der Täter hinterlassen.«

Arnold nahm ihr das Tütchen aus der Hand und betrachtete dessen Inhalt. Die Schrift war winzig, kaum zu lesen und der Morgentau hatte sein Übriges getan.

Doch je länger er darauf schaute, umso eher schienen die Windungen ein Muster zu ergeben. »Ein Computerausdruck«, stellte er fest und kniff die Augen zusammen. Mit etwas Fantasie konnte er die Buchstaben erkennen. »Irgendwas …« Mit dem Zeigefinger strich er die Plastiktüte glatt. »Ich glaub, ich kann es entziffern. Warte …« Er leckte sich über die spröden Lippen, bevor er zu lesen begann:

»Meine sehr verehrten Herren Kommissare,

ich freue mich, dass Sie mein Werk entdeckt haben, und hoffe, dass Sie ebenfalls so viel Gefallen daran finden, wie ich selbst. Ich bin mir sicher, diese junge Dame ist erst der Auftakt einer neuen Art von Kunst. Einer wahren Kunst. Ein Leben, das vergeht, noch während der Tag ruhet. Ein glitzerndes Ebenbild unter den Sternen. Die Sonne, die langsam erwachet, während starre Augen in das Morgenrot blicken. Sie nehmen den Sonnenaufgang, das Erwachen des neuen Tages, auf und doch sind diese Augen nicht mehr in der Lage, diese freudige Naturgewalt zu spiegeln. Ein leerer Blick, angefüllt mit Emotionen - wahre Kunst.

Sie bereitet mir eine unbändige Freude und würde es Ihnen mit

Sicherheit auch, wenn Sie im Stande sind, über ihren schwarz-weißen Tellerrand hinauszuschauen.

Nun, Sie werden sich fragen wollen, wer ich bin. Aber das kann ich Ihnen leider nicht beantworten. Ein Künstler, wie meinesgleichen, der schweigt und genießt. Vielleicht bringen Sie es eines Tages selbst in Erfahrung und wir treffen uns zu einem netten Gespräch bei Tee.

Bis dahin verabschiede ich mich von Ihnen mit den besten Wünschen,

Ihr Johann Gottfried H.

Post Scriptum: Zu diesem wunderbaren Anlass, an diesem wunderbaren Tag, passt ein wunderbares Gedicht, nicht wahr?

Träume der Jugend

Fliegt, Ihr meiner Jugend Träume,
Flattert, leichtbeschwingte Reime,
In mein frohes Jugendland,
Wo ich unter dichten Bäumen,
In der Muse sel'gen Träumen
Wahrheit suchte, Bilder fand.

Gleich den bunten Schmetterlingen
Schlüpften mir auf leichten Schwingen
Manche, manche längst vorbei;
Andre sind mir treu geblieben,
Und so bleib' ich Euch, Ihr Lieben,
Auch mit Herz und Seele treu.

Ach, in Deinen Schooß versunken
Sind die Welten, die ich trunken
In Dir sahe, Silbersee.
Schlummert sanft! denn auch in jenen
Luftgefärbten hellen Scenen
Winket mir der Wahrheit Höh.

Flieht, Ihr meiner Jugend Träume,
Flattert, leichtbeschwingte Reime,
In die Hand der Jugendzeit!
Träume sind wir, denen Schatten
Sich mit Licht und Wahrheit gatten,
Und die auch der Traum erfreut.«

Ratlos drehte und wendete Arnold den Brief, doch wurde er nicht schlau daraus. Was wollte dieser Johann Gottfried H. ihm damit sagen?

»Gibt es Fingerabdrücke?«, erkundigte er sich, mangels einer besseren Frage.

»Soweit ich weiß, nein. Die Spurensicherung bearbeitet das Schreiben aber noch. Ich habe es mir nur kurz ausgeborgt, um es dir zu zeigen. Vielleicht hast du eine Idee?«

»Das ist nett von dir«, brummte er gedankenverloren und starrte von Neuem auf den Brief. Sollte es einen mordenden Lyriker geben? Das schien so absurd, dass es beinahe wieder Realität sein konnte. In Weimar tummelte sich eine Vielzahl von Leuten, die der Meinung waren, der nächste Goethe zu sein. Er versuchte, sich Claudia Melzer in einem Literaturcafé vorzustellen. Umringt von jungen Männern mit Ziegenbärten und Brillen, die vor sich her sinnierten. Warum eigentlich nicht?

»Entschuldige bitte, Borgi.« Christian drängelte sich zwischen ihn und die Gerichtsmedizinerin und nahm ihm den Brief ab.

Wortlos starrte Arnold seinen Partner an, dessen Blick über den Zettel huschte. Schließlich nickte er und gab ihn Alina zurück. »Habe ich es mir fast gedacht.«

»Was?« Arnold vergrub die Hände in den Hosentaschen und stierte Chris weiter an, dessen Grinsen jedem Breitmaulfrosch Konkurrenz machen konnte. Sollte er eine Ahnung von Literatur haben? Das vermochte er sich beim besten Willen nicht vorzustellen! Chris, der Frauenheld; der Langschläfer, der sich sonntags nur aus dem Bett quälte, um die Fernbedienung für seinen Fernseher zu besorgen, wenn er sie wieder einmal irgendwo vergessen hatte.

»Herder.«

»Herder – wer? Oder was? Was soll das sein?«

Christian Griso stemmte die Hände in die Hüften und legte den Kopf in Schieflage. »Ihr wollt mir ehrlich sagen, dass ihr Johann Gottfried nicht kennt? Den Dichter, Übersetzer, Theologe, Geschichts- und Kultur-Philosophen? Gelle, ihr veralbert mich? Jener Herder, der einer der einflussreichsten Schriftsteller und Denker im Zeitalter der Aufklärung war und zu dem klassischen Viergestirn in Weimar zählte?« Er holte tief Luft.

Bevor Arnold etwas erwidern konnte, setzte Christian fort: »Ich bin wirklich enttäuscht. Selbst ich habe es nach den ersten Zeilen dieses Gedichtes heraushören können.« Er reckte das Kinn in die Höhe.

»Bitte verzeih, aber wir können nicht alle so bewandert in Sachen Kunst sein, wie du es bist.« Arnold hob entschuldigend die Arme und flüsterte Alina zu: »Wer weiß, woher er das hat. Vorhin wusste er noch nicht einmal, dass das Belvedere Belvedere heißt und nun kommt er damit an.« Sollte er tatsächlich ein Fünkchen Kulturverständnis besitzen? Er wandte sich von Alina ab und nickte seinem Partner anerkennend zu.

»Du brauchst nicht neidisch sein. Gehe einfach mal mit mir zu einer Party. Du glaubst gar nicht, was für intelligente Schnecken da rumlaufen.«

Mit diesem einen Satz schwand Arnolds Bewunderung über Christians Wissen. Warum dachte er nicht einmal nach, bevor er etwas sagte? Er war blitzgescheit, doch sein Mundwerk viel zu schnell. Wenn das nicht wäre, würde Christian wahrscheinlich ihre Abteilung leiten. Seufzend lächelte er ihm zu. »Danke, aber ich verzichte auf Schnecken. Die versauen mir nur den Garten.«

Kapitel 3
-
Schlechte Nachrichten, Eltern und ein Professor

Arnold reihte sich in die parkenden Fahrzeuge auf der Moskauer Straße in Weimar West ein. Ein schmales Bändchen Asphalt, in dem sich im Zentimeterabstand Schlaglöcher befanden.

Missmutig blickte er zum Seitenfenster heraus, kurbelte es herunter und versuchte, den Spiegel näher an die Karosserie zu drücken.

»He, keine Sorge. Bei den anderen Autos fehlt auch kein Spiegel«, erklärte Christian, als hätte er seine Gedanken erraten. »Zumindest bei fast keinem.«

»Da bin ich mir nicht so sicher.« Sein Blick fiel auf einen silbernen Corolla, in dessen Fahrerseite ein Riss klaffte, der sich vom Heck zum vorderen Kotflügel erstreckte. Natürlich fehlte an dieser Schrottkarre der Spiegel!

Er biss sich auf die Zunge, schluckte den zähen Speichel herunter und streichelte seinem Mazda über das Lenkrad. Wenn irgendwer ...

»Nun höre auf, den Spießer zu mimen«, unterbrach sein Partner diese Vorstellung. »Die Karre dort hat ihre besten Jahre längst hinter sich. Ist wahrscheinlich ein 91er Baujahr, wenn ich das richtig erkenne. Wer weiß, was dem Teil zugestoßen ist. Sieht aus wie eine Mauer, die im Weg stand. Also beruhige dich. Deinem kleinen Schatz wird schon nichts passieren.«

Christian hatte recht, das wusste er und dennoch zitterten seine Finger, als er das Fenster schloss und den Zündschlüssel abzog.

»Hier wohnte sie?«, wechselte Christian das Thema und blickte zwischen dem Zettel, den er von Jeanette Lösner erhalten hatte, und dem Plattenbau hin und her. »Irgendwie kann ich mir das nicht vorstellen. Sie soll sehr intelligent gewesen sein – und dann lebt sie in einer ordinären Platte? Gelle, das ist komisch?« Er knüllte das Papier zusammen und warf es in das Handschuhfach.

»Es ist interessant, wie du von einem Wohnort auf die Intelligenz der dort lebenden Menschen schließt.« Arnold betrachtete die grauen Häuserwände. Spärliches Grün wuchs vor den Eingängen. Auf der gegenüberliegenden Seite donnerte ein Zug vorbei und er fragte sich, wie es möglich war, dass sich jemand in dieser Gegend wohlfühlen konnte. Er selbst hatte sein Häuslein am Rande von Magdala gegen eine Stadtwohnung in Weimar eingetauscht, nachdem … nachdem das mit Lischen und Susanne geschehen und das Haus für ihn zu groß geworden war. Doch in solch eine trostlose Umgebung trieb es ihn nicht einmal in seiner größten Trauer.

»Tut mir leid«, sagte Christian und riss ihn damit aus den Gedanken. »Irgendwie … kenne ich massenweise Leute aus dieser Ecke … und … Na ja, manchen will ich nicht im Dunklen begegnen.« Er stotterte verlegen und rieb sich den Nacken.

»Was du in deiner Freizeit machst, das ist ganz allein dir überlassen. Dennoch gebe ich dir einen gut gemeinten Rat mit auf den Weg: Passe einen Tick besser darauf auf, wen du mit nach Hause nimmst. Nicht, dass du über kurz oder lang eine deiner Verflossenen verhaften darfst oder wir dich an einem Tatort finden - mit dir als Hauptdarsteller.« Arnold öffnete die Tür und stieg aus. Ein Radfahrer raste an ihm vorbei. So knapp, dass er dessen billiges Parfum roch.

Bevor er ihm etwas hinterherrufen konnte, verschwand der Verkehrssünder um die nächste Biegung. »Ich verliere hier meine Spiegel«, murmelte er und rief Christian zu: »Und nimm deinen Papiermüll aus dem Handschuhfach raus.«

»Du und deine Pingeligkeit«, hörte er ihn schimpfen, gefolgt von dem Zuschlagen der Beifahrertür.

Den Kopf schüttelnd überquerte er mit zwei Schritten die Fahrbahn, schob eine zersplitterte Bierflasche mit dem Fuß zur Seite und erreichte die Klingelschilder.

Viele der Namen verursachten ihm schon einen Knoten in der Zunge, wenn er nur daran dachte, sie aussprechen zu müssen. Letztendlich entdeckte er aber das Richtige und läutete. Sekunden vergingen. Christian hatte ihn eingeholt, stand jetzt neben ihm. Durch angekippte Fenster konnten sie ein Streitgespräch vernehmen, das genauso schnell verstummte, wie es ausgebrochen war. Minuten zogen sich dahin. Das Knacken der Gegensprechanlage blieb aus.

»Lass uns verschwinden. Hier ist niemand da.« Christian wandte sich zum Gehen ab.

»Noch einen Moment, Chris.« Erneut drückte er den Klingelknopf, konnte aber kein Anschlagen vernehmen. »Wäre es deine Tochter …«

Das heißere Flüstern einer Frau unterbrach ihn. »Ja, bitte?«

Verdutzt sah er die Anlage an. Hatte er sich verhört?

»Hallo?«

»Äh ... ja. Guten Tag«, beeilte er sich

zu sagen und straffte die Schultern. Routinemäßig fuhr er fort: »Arnold Borge, mein Name. Ich bin Kommissar beim Landeskriminalamt Thüringen. Es geht um Ihre Tochter. Es wäre schön, wenn wir miteinander sprechen könnten.«

Schweigend verstrichen die folgenden Sekunden. Nicht einmal ein Atemzug war zu vernehmen. Arnold glaubte schon, dass sie den Hörer der Gegensprechanlage aufgelegt oder schlicht kein Interesse hatte, mit ihm zu reden, als schließlich doch der Türsummer erklang.

Angenehme Kühle umfing ihn. Zum zweiten Male benötigte er Geduld, bis sich seine Augen an die Dunkelheit gewöhnten.

»Wohin müssen wir?«, murmelte Christian.

»Fünfter Stock.« Arnold ging rasch voran, drosselte das Tempo aber nach einigen Treppen. Der Luft in diesem Haus fehlte der Sauerstoff, dafür stank es nach verwesenden Küchenabfällen. Nirgendwo konnte er einen Aufzug entdecken.

Schnaufend erreichten sie das fünfte Stockwerk.

Das Hemd klebte unangenehm an seinem Körper. *Verfluchte Hitze!* Er klingelte.

»Du willst aus mir unter allen Umständen eine Sportskanone machen, oder?«, jammerte Christian und zupfte sich sein Shirt zurecht. »Aber ohne mich, das kannst du wissen. Mach doch deinen … Guten Tag.«

Arnold verbiss sich das Lachen in dem Moment, als sich die Wohnungstür öffnete. Wie viel die Frau von dem Gespräch mitbekommen hatte, wusste er nicht. Eigentlich spielte das auch keine Rolle. Im schlimmsten Fall hielt die Melzer sie für gestört. Aber wen kümmerte das?

»Guten Tag Frau Melzer.« Arnold streckte ihr die Hand entgegen. Nur zögernd nahm diese sie an. Ihre Finger waren eiskalt.

Ein Schauer jagte ihm über den Rücken, als er in ihre leeren Augen sah, rot umrandet, eingebettet in ein kalkweißes Gesicht.

Die Nachricht vom Tod eines geliebten Menschen vermochte jeden zu entstellen. Wie sehr er diesen Anblick hasste!

»Es tut mir leid, was mit Ihrer Tochter geschehen ist«, erklärte er sachlich und wünschte sich, er könne mehr Mitgefühl in seine Stimme legen. Aber es ging nicht. Egal wie viel Mitgefühl er entgegenbringen würde, es änderte nichts an der Realität. Das wusste er aus eigener schmerzhafter Erfahrung und beließ es dabei. Einen Moment lang erinnerte er sich daran, wie ein Polizist vor seiner Tür gestanden hatte, um die grausige Nachricht zu überbringen. Einen Moment, in dem die Gesichter von Lisa und Susanne vor seinem geistigen Auge vorbei zogen. Sie spukten bei jeder Beileidsbekundung in seinem Kopf herum. Arnold drängte sie in einen hinteren Teil seines Bewusstseins. Sie würden von Neuem hervorkommen, das wusste er. Später, dann, wenn er es zuließ. »Meine Kollegen waren ja schon bei Ihnen«, setzte er fort. »Dürften mein Partner, Christian Griso und ich, trotzdem noch einmal mit Ihnen sprechen?«

Die Mutter der Ermordeten, in deren fuchsrotem Haar graue Strähnen leuchteten, ging wortlos einen Schritt zur Seite.

Arnold schnappte nach Luft. Er kannte diese Bauweise aus früheren Ermittlungen zur Genüge und dennoch überkam ihm ein Gefühl des Lebendig-Begraben-Seins beim Betreten des Flurs. Hastig versuchte er es von sich zu schütteln, doch es half nicht. Der Knoten in seinem Hals schwoll an, sein Herz hämmerte gegen den Brustkorb.

Endlich, endlich setze sich Frau Melzer in Bewegung, führte sie an einem winzigen Zimmer ohne Fenster vorbei. Arnold wagte einen flüchtigen Blick hinein und hielt den Atem an. Es stank erbärmlich. Der Müll aus dieser Küche musste schon seit Tagen nicht mehr weggebracht worden sein.

Im nächsten Raum lösten sich seine Vorurteile in Luft auf. Die Wohnung wirkte zwar schäbig, aber dennoch gepflegt. Das Wohnzimmer war groß, hell, seines Empfindens nach nur etwas altmodisch eingerichtet mit der Mahagoni-Schrankwand. Nirgendwo konnte er auch nur ein Staubpartikel erkennen. Trotzdem bereitete ihm das Atmen hier drinnen Mühe. Eine bleierne Schwere lag in der Luft, die sich wie Sand in seinen Lungen anfühlte. Auf dem Sofa hockte ein Mann, der kaum älter als er selbst war. Seine fahle Haut und die eingesunkenen Augenhöhlen erinnerten Arnold dennoch an einen Greis, dessen Ende unweigerlich bevorstand.

Der Mann hob seine Bierflasche wie zum Gruße an, machte aber keine Anstalten, aus ihr zu trinken oder die Gäste mit Worten zu begrüßen. Stattdessen starrte er an ihnen vorbei aus dem Fenster. Arnold folgte seinem Blick und konnte über den Balkon hinweg den Glockenturm auf dem Ettersberg erkennen.

»Bitte setzen Sie sich«, bat Frau Melzer und zeigte auf die freie Seite des Ecksofas. Sie selbst nahm im Sessel Platz, zog ein Taschentuch aus der Kittelschürze und begann sich lautstark zu schnäuzen. Sie wirkte mit einem Male so unendlich alt.

Ob er damals selbst so ausgesehen hatte? Damals, als … *Jetzt ist Schluss!*, ermahnte er sich. Seine privaten Gefühle und Gedanken hatten an diesem Ort keinen Platz. Er musste objektiv bleiben, die Fassung bewahren und Ruhe ausströmen. Der Familie helfen, so gut es ging. Und das konnte er nur, wenn er seine eigenen Empfindungen außen vorließ.

Er räusperte sich, in der Hoffnung, Frau Melzer würde ihn endlich ansehen und nicht nur auf ihre im Schoss gefalteten Hände starren. Es war ihm unangenehm, diese schwermütige Stille zu durchbrechen, die für die Eltern der Toten heilig und beängstigend zugleich sein musste. Doch Arnold hatte keine andere Wahl. Irgendwo in dieser Stadt lief ein Mörder frei herum und vielleicht besaßen diese Personen den entscheidenden Hinweis, der sie zu ihm führte.

»Frau Me…«, begann er.

In diesem Moment sprang sie auf. »Bitte entschuldigen Sie. Ich bot Ihnen nichts zu trinken an.« Sie hetzte davon.

Sekunden später hörte man aus der Küche Gläser klirren und Türschränke knallen.

Ihr Verhalten war nichts anderes als eine Flucht und dennoch konnte Arnold die Frau gut verstehen. Sie hatte das Liebste verloren. Unwiederbringlich. Für immer.

»Sie müssen sie entschuldigen. Claudia war unser einziges Kind«, brummte der Mann, der weiterhin in die Ferne starrte.

»Kein Problem«, erwiderte Christian hastig, als Frau Melzer mit zwei gefüllten Gläsern zurückkam.

»Bitte verzeihen Sie. Claudia und ich, wir wollten heute noch einkaufen und …« Tränen füllten ihre Augen. Mit dem Unterarm wischte sie diese davon, wobei sie das Wasser um ein Haar verschüttete. »Wir haben nichts weiter da und …«

Sie stellte die Getränke ab. »Nur Leitungswasser ...«

»Sie brauchen sich nicht zu entschuldigen«, sagte Arnold rasch, bevor sie sich zu einer neuerlichen Flucht entscheiden konnte. »Wir wollen Sie auch nicht lange aufhalten.«

»Welche Bedeutung sollte Zeit jetzt noch für uns haben?« Herr Melzer stand auf und ging zum Fenster. Die hohe Stirn lehnte er gegen die Scheibe. »Alles ist sinnlos. Unser Leben ist vorbei. Aber Sie können das nicht verstehen. Sie tun nur Ihre Arbeit. Ich wette, wenn Sie dieses Haus verlassen, haben Sie uns schon vergessen. Unsere Tochter ist doch nicht mehr als eine Nummer in irgendeiner Statistik oder auf einem Blatt Papier. Niemand interessiert sich *wirklich* für sie.«

Arnold konnte den Vorwurf weder verneinen, noch bejahen. Er wünschte, es wäre nicht so und wusste dennoch, dass Claudia spätestens beim ihrem nächsten Fall nur noch ein namenloses Mädchen war, deren Gesicht ihm in seinen Träume verfolgte.

»Wir möchten Sie eigentlich nur fragen, ob Sie wissen, ob Ihre Tochter mit Poeten verkehrt ist«, erkundigte sich Christian und griff nach seinem Glas.

Man konnte ihm die Anspannung ansehen, fand Arnold und beschloss, die weitere Befragung selbst zu übernehmen. »Es stimmt nicht, was Sie denken, Herr Melzer. Claudia ist für uns nicht nur eine Nummer von vielen. Ich weiß, wie schwer es ist, ein … Kind zu verlieren. Das können Sie mir getrost glauben.« Oh ja, wenn jemand wusste, wie katastrophal das war, dann er. Arnold schluckte den bitteren Speichel herunter, der sich in seinem Mund zu sammeln begann, und setzte fort: »Was mein Kollege meint: Hatte ihre Tochter Freunde, die sich als Autoren oder Künstler bezeichneten?«

»Unsere Tochter hat an der Bauhaus-Universität den Studiengang ›Freie Kunst‹ gewählt. Natürlich kennt – kannte - sie da den ein oder anderen Schriftsteller. Einige von ihren Bekannten waren Mitglieder in einer literarischen Gesellschaft.« Frau Melzer starrte zu ihrem Mann hinüber.

Ob sie etwas zu verbergen hatte? Fast sah es aus, als ob sie Rat bei ihm suche. Die Sekunden verstrichen, doch er drehte sich nicht zu ihr herum.

Sie ließ die Schultern hängen, seufzte. »Es gab da einen Professor, von dem schwärmte sie stets. Herr Professor Methelen, glaube ich, von dem sprach sie oft. Sie war wirklich begeistert von ihm.«

Arnold horchte auf und rutschte ein Stück auf dem Sofa vor. Eine heiße Spur? Konnte er ihr Täter sein? Er musste ruhig bleiben, durfte die Mutter nicht verschüchtern, die Fragen sorgfältig auswählen. »Wie meinen Sie das? Ist da irgendetwas zwischen …«, erkundigte er sich vorsichtig und hoffte, damit nicht den ersten Fehler zu begehen.

»Ach was!« Sie winkte ab, noch bevor er den Satz zu Ende bringen konnte. »Unsere Claudia doch nicht. Nein, nein. Der Herr ist älter, angeblich in Rente und kommt nur ein paar Stunden in der Woche, um sich seine Rente aufzubessern. Persönlich kenne ich ihn, zu meinem Bedauern, nicht. Claudia freute sich jedes Mal auf seine Vorlesungen, weil er nicht nur seinen Text trocken herunterpaukte, wie sie immer sagte. Dessen ungeachtet muss er wohl ein wenig blem-blem sein.« Mit dem Zeigefinger tippte sie sich an die Stirn. »Von irgendeinem Dichter besessenen oder so ähnlich, hat mein Mädchen gesagt. Na egal, auf jeden Fall ist er auch in so einer literarischen Gesellschaft.«

Arnold spürte, dass er nicht länger in dieser Wohnung sitzen bleiben konnte. Er musste diesen Professor finden, ihn zur Rede stellen. *Von einem Dichter besessen? Ist es nicht genau das, wonach wir suchen? Einem Verrückten, der Persönlichkeiten aus vergangenen Tagen zitierte? Oder sich gar für solch eine hält?* Er trank sein Glas Wasser aus und stand auf. »Frau Melzer, haben Sie vielen Dank. Sie haben uns sehr geholfen.« Anschließend nickte er ihrem Mann zu, der sich weder rührte noch sie ansah. »Wenn Ihnen etwas einfällt, und erscheint es Ihnen noch so unbedeutend, zögern Sie nicht, mich anzurufen. Hierauf steht meine Telefonnummer.« Er überreichte ihr seine Visitenkarte und spürte, wie die Hände der Frau zitterten.

Fast hätte sie die Karte fallengelassen, griff dann aber beherzt zu. »Schnappen Sie sich diesen突Dreckskerl«, flüsterte sie ihm ins Ohr und ließ dabei ihren Gatten nicht aus den Augen. Doch der schien in seiner eigenen Welt gefangen und sie nicht zu hören. »Oder ich werde es tun.«

»Was hat sie dir zugeflüstert?« Christian nahm zwei Stufen auf einmal, um Arnold einzuholen, aber irgendwie schaffte der es, immer einen Schritt voraus zu sein. Warum hatte er es mit einem Male so eilig? »Nun warte mal. Ist ja schön für dich, dass du so lange Beine hast …«

Auf dem nächsten Treppenabsatz blieb sein Partner abrupt stehen und drehte sich um.

Christian, vom eigenen Schwung weitergetragen, versuchte sich an dem eisernen Handlauf festzuhalten, doch es misslang. Er prallte gegen ihn. »Bist du verrückt oder was?«, fauchte er.

Arnold antwortete nicht, sondern starrte an ihm vorbei, die Treppen hinauf.

Christian folgte seinem Blick und konnte nur eine strukturverputze Wand entdecken. Einen Herzschlag später vernahm er das Gebrüll. »Was zum Henker …«

Arnold legte einen Finger auf seine Lippen. Es klang, als käme der Streit aus der Wohnung der Melzers.

»Lass uns noch mal hochgehen. Irgendwas passiert da.« Christian drehte sich herum, doch Arnold hielt ihn am Arm und schüttelte den Kopf.

Vermutlich hatte er Recht. Wenn sie jetzt da hinaufgingen, würden die beiden ihnen eine heile Welt vorspielen, die Auseinandersetzung auf die Nachbarn schieben oder sich sonst wie herausreden. Er hatte ewig für diese eine Erkenntnis gebraucht und dabei mehr Nerven verloren, als gut war. Wie viele Fälle hätte er schneller gelöst, wenn ihm nicht seine elende Neugierde im Weg gestanden hätte? Wenn er sich nur mehr in Geduld geübt hätte?

Diese Anfängerfehler lagen hinter ihm. Stattdessen lauschte Christian den Worten, die ihm mehr verrieten, als es Frau Melzer in ihrem Gespräch tat.

»Warum hast'n dem was gesagt? Biste verrückt? Mensch, Weib, wenn der dem Alten nachstellt, dann wer'n wir unser Lebtag nich mehr froh. Wer weiß, in welchem schmutzigen Sand der rumbuddelt. Denk das nächste Mal ein bissl nach, bevor du deine große Klappe aufreißt. Meine Fresse. Isses ni schon schlimm genug, dass Claudia wech is? Musste uns noch den Prof aufn Hals jagen? Der Kerl ist mir ni geheuer. Du hast'n ja erlebt, wie er mit seinem Spazierstock und der Perücke durch die Schule gewatschelt ist und mit Herr Herder angesprochen werden wollte.«

Danach folgte nur noch Geplänkel, das nach und nach abflaute, bis Christian das Schluchzen von Frau Melzer vernahm.

»Komm, lass uns gehen. Unsere Arbeit ist für heute getan.«

»Warte doch. Sollten wir nicht …«

Arnold zog die schwere Eingangstür auf, trat hinaus in die Sonne und ignorierte Christians Einwände. Was konnten sie schon unternehmen? Er schloss die Augen, genoss die wärmenden Strahlen, wünschte sich in sein vergangenes Leben zurück.

»Borgi? Borgi!«, klang es wie von weit her schallend durch eine Röhre, an deren Ende eine Gestalt stand, von der er nur die Umrisse sah.

Er kannte diese, wusste sie aber nicht zuzuordnen und wandte sich wieder dem Licht zu, das vor ihm aufzuleuchten schien. Hinter ihm war nichts als dieser dunkle Tunnel, durch den er nicht zurückkehren wollte. Etwas, das sich ›Leben‹ nannte, wartete dort auf ihn. Ein Leben, das ihm alles genommen hatte, was ihm lieb und teuer gewesen war.

»Borgi? Jetzt komm zu dir. Ich mache mir Sorgen um dich.«

Obwohl er ihn nicht sehen konnte, spürte Arnold, wie der Tunnel zu schrumpfen begann und sich das strahlende Licht entfernte. Er wollte den Arm danach ausstrecken, ihm folgen, doch jemand hielt ihn an der Schulter fest und zog ihn zurück.

»Sag mal, wo bist du denn? Hast du nen Sonnenstich?«

Endlich erkannte er den Schatten, der nicht länger ein Schatten war, sondern die Gestalt seines Freundes und Partners, Christian Griso, annahm.

»Was willst du?«, erkundigte er sich und wischte dessen Hand von seiner Schulter.

»Entschuldige mal.« Christian trat einen Schritt nach hinten und sah ihn aus großen Augen an.

Sofort tat es Arnold leid, so barsch reagiert zu haben und wandte den Blick wieder der Sonne zu – dieses Mal ohne in eine Art Trance zu fallen. »Komm, lass uns Feierabend machen und ein Bier trinken. Ich geb einen aus.«

»Aber, hast du denn nicht gehört? Der Professor …«

Er spürte Christians zitternde Finger auf seinem Unterarm, die sanft zudrückten.

»Der kann warten. Frag mich nicht warum, aber ich hab das Gefühl, dass der uns nicht davon läuft.«

Kapitel 4
-
Ein Haus, ein Buch und viele Gedichte

Er schlich durch das Haus, darauf bedacht, niemanden zu wecken. Was sollte er auch mit den beiden übrigen Bewohnern anfangen? Sie würden ihm nur im Wege stehen, ihn von seinem Tun abhalten. Nein, es war besser, sie schlummerten ihren Schlaf der Gerechten und ließen ihn seine Arbeit erledigen.

Stille umgab ihn, als er die Büste Herders passierte und unter seinen steinernen Augen in die Bibliothek huschte. Von hier aus konnte er die Grillen im Garten zirpen hören. Es klang wie Musik in seinen Ohren; so friedfertig und beruhigend. So normal.

Bisher gab es in den Medien keine Meldung über den Fund einer Frauenleiche im Belvedere. Vielleicht entdeckte man sie erst am folgenden Morgen bei Sonnenaufgang? War es denkbar, dass heute niemand an der Großen Grotte vorbeikam? Unwahrscheinlich, aber nicht unmöglich. In dieser Welt voller Ungerechtigkeit war alles vorstellbar. Er musste sich in Geduld üben. Früher oder später fielen die Klatschblätter von ganz allein über dieses Verbrechen her. Er musste nur ruhig bleiben und abwarten.

Dass man die Leiche fand, dafür hatte er mit der Wahl des Tatortes schon gesorgt. Er fuhr sich mit den Fingern durch das Haar und schüttelte den Kopf. Wie wahrscheinlich war es, dass der Pressesprecher der Polizei die Informationen zurückhielt? Verfügten sie am Ende über Spuren? Seine Hände und Stirn wurden feucht vom Schweiß. Panik drohte in ihm aufzusteigen. Er ballte die Hände zu Fäusten, bis in die Knöchel. Er hatte aufgepasst; sich Mühe gegeben; alle Eventualitäten berechnet. Selbst wenn Zeugen existierten, seine Maskerade …

Sein Herz trommelte wie wild. Er konnte es sogar an dem Beben seines

Hemdes erkennen, das sich im Takt auf und ab bewegte. Verflucht, wenn das so weiter ging, dann musste er demnächst einen Arzt aufsuchen. Es war nicht das erste Mal, dass sein Herz so aus dem Takt sprang. Die Schmerzen in seiner Brust konnte er nur noch mit Mühe verdrängen und er wusste, dass sie ein Zeichen waren, das er nicht ignorieren durfte. Die innere Unruhe schwoll weiter an, wurde zu einem Zittern, das den ganzen Körper erfasste. Dieser Stress brachte ihn früher oder später um. Doch lange musste er diesem nicht mehr ausgesetzt sein. Das Ziel war zum Greifen nahe.

Er steuerte das linke Bücherregal an. Dafür brauchte er kein Licht, denn er kannte sich hier drinnen wie in seiner eigenen Hosentasche aus und stoppte einen Schritt vor dem Regal. Silberne Mondstrahlen fielen durch ein Fenster auf den Boden und ließen die schwarz-weißen Bodenfliesen unwirklich erscheinen. Wie Alice im Wunderland kam er sich in diesem Moment vor. Nichts herum schien länger real, doch da war dieses eine Buch, das ihn davon abhielt, weiter Gedanken zu versinken. Kein Platz für Träumereien und Fantasien.

Zielsicher griff er nach dem Wälzer. Die Schrift auf dem Einband schon seit Ewigkeiten verblasst, der Buchdeckel abgenutzt; trotzdem wusste er mit traumwandlerischer Sicherheit, dass jener der Richtige war. 1827 gedruckt, war es an die zweihundert Jahre alt. Ihm schauderte vor Ehrfurcht. Zweihundert Jahre. Länger als ein Menschenleben. Länger, als er jemals leben würde. Die Vergangenheit schien so weit entfernt, beinahe vergessen und doch zum Greifen nah. Er lebte die Geschichte, war ein Teil von ihr.

Hingebungsvoll pustete er die Staubschicht herab, die sich auf dem Buch abgelagert hatte. Kein Spritzer Speichel durfte darauf landen und es damit verderben. »Johann Gottfried von Herder«, las er tonlos die im Grunde nicht mehr vorhandenen Buchstaben. Es spielte keine Rolle, ob sie noch dort standen oder nicht. Er kannte dieses Buch, jedes aus diesem Sammelsurium von sechzig Bänden, in und auswendig. Es in den Händen zu halten, verlieh ihm ein Gefühl von Sicherheit. Das, was er am meisten benötigte. Er durfte sich nicht einen Fehler leisten, doch Herder würde persönlich dafür Sorge tragen.

»Sämtliche Werke«, drang seine Stimme flüsternd durch die nächtliche Stille. »Ich habe etwas Großartiges geschaffen. Etwas Unvergleichliches!«

Kapitel 5
-
Bier, Frustration und ein Brief

Arnold schwenke sein Bierglas und betrachtete den verbliebenen Schaum, der auf kleinen Wellen schwappte, um sich anschließend, wie der Rest zuvor, aufzulösen. Er hatte erst wenige Schlucke getrunken und schon bereute er es, überhaupt in das Residenz-Café gekommen zu sein.

»Ich nehme noch eins«, rief Christian der Bedienung zu und zeigte auf sein leeres Glas.

Diese nickte ihm zu und wandte sich, mit Zettel und Kugelschreiber bewaffnet, dem Nachbartisch zu. Wahrscheinlich hatte sie Christian schon vergessen, bevor sie die Bestellung der anderen Gäste notierte. Vielleicht war das gut so, dann kam er wenigstens nicht auf den dummen Gedanken, sich ein neues Betthäschen für die kommende Nacht zu suchen.

»Borgi, sag mal, du bist so still. Ich mache mir Sorgen um dich. Seit Tagen bist du schon so komisch drauf.«

Chris knuffte ihm in die Seite, aber Arnold verspürte keine Lust, sich auf die Neckereien einzulassen. »Hmmm«, brummte er stattdessen und blickte in das sanfte Braun seines Glases, das beinahe der Farbe von Gold glich.

»He, wo bleibt mein Köstritzer?«, schrie Christian der Bedienung zu, die zum wiederholten Male an ihm vorbei ging, ohne ihn zu beachten.

Arnold sah ihr nach und bemerkte ihr verschmitztes Lächeln, bevor sie wieder in der Menschenmenge verschwand.

»So still und niedergeschlagen kenne ich dich ja gar nicht. Das letzte Mal als du so … Mensch!« Christian schlug sich gegen die Stirn und zog den Kopf zwischen die Schultern. Das fröhliche Grinsen auf seinem Gesicht erstarb. »Heute ist der Tag, gelle? Borgi, das tut mir so leid. Ich … ich weiß nicht … ich wusste ja nicht …«

»Schon gut.« Er setzte sein Bierglas an und leerte es mit einem Zug. Die Brühe war in der Zwischenzeit warm und fad geworden und stieg ihm sogleich in den Kopf. Das war definitiv besser so – auf diese Art und Weise betäubte es wenigstens den stechenden Schmerz in seiner Brust.

»Warum hast du denn nichts gesagt? Borgi, wir hätten heute etwas anderes …«

Die Kellnerin kam nun doch und stellte ein neues Bier vor Christians Nase. Der Schaum rann am Glas herab und bildete ein bizarres Muster, bevor er sich um dessen Boden wie ein Ring legte. Er schob es beiseite und starrte Arnold an, der diesen mitleidigen Blick wie nichts Vergleichbares hasste. Mitleidige Blicke bekam er dereinst genug – änderten taten sie nichts. Wie auch? Dadurch wurden Menschen nicht lebendig. Diese Blicke, sie schafften nur Eines: Er fühlte sich schuldig an dem Tod seiner Familie. Wenn er nur selbst am Steuer gesessen hätte, mit ihnen gefahren wäre, vielleicht den Hauch einer Chance nutzen konnte, es herumzureißen ...

Wieder und wieder hatte er sich dieses Szenario vorgestellt, in Gedanken durchgespielt und wusste, dass diese Chance verschwindend gering war. Wahrscheinlich würde auch er heute nicht mehr leben. Aber dann wäre er wenigstens bei Susanne und Lisa.

»Trinkst du das noch?« Er wartete keine Antwort ab, nahm sich Christians Köstritzer, leerte es mit drei Zügen, wischte den Schaum ab und lehnte sich zurück.

Er trank kaum, eigentlich nie und deswegen erstaunte es ihn nicht, dass sich nach den zwei Gläsern die Welt um ihn herum zu drehen begann. Die Gespräche der anderen Gäste wurden zu einem gedämpften Rauschen. Seine Zunge lag schwer im Mund, die Lippen fühlte er nicht mehr.

»´Tschuldige«, flüsterte Arnold und hoffte, dass er noch deutlich genug redete, ohne sich zu blamieren. Die

Stimme klang in seinen eigenen Ohren klar und verständlich, aber konnte er sich darauf verlassen?

»Du brauchst dich nicht zu entschuldigen. Warst du heute bei ihnen?«

Er schüttelte den Kopf, langsam, damit seine Welt nicht ganz aus den Fugen geriet, und setzte zu einer Antwort an, die ihm schwerfällig über die Lippen kam. »Nein. Und ich will es auch nicht. Jeder Besuch an diesem schrecklichen Tag ist so endgültig. Das schaffe ich nicht Jahr für Jahr aufs Neue. Ich gehe morgen hin, bringe ihnen Rosen. Für Lischen habe ich einen Teddy. Ich möchte ihn ihr geben und dabei so gern ihr helles Lachen hören. Aber ich kann es nicht, Chris. Ich weiß, dass ich es nie wieder hören werde.«

»Alter Freund, ich verstehe, was du meinst.« Christian nickte und zeigte zugleich auf das leere Glas. »Auch wenn es keine Lösung ist, dass du dich betrinkst. Das bringt sie dir nicht zurück. Das begreifst du schon, gelle?«

Er schon, aber Christian offenbar nicht. Arnold spürte, wie etwas, das eine Ähnlichkeit mit Roten Waldameisen hatte, durch seine Blutbahnen krabbelte und das Blut in Wallung brachte. Es brannte höllisch und juckte zugleich fürchterlich, trieb ihn beinahe zum Wahnsinn. Er widerstand dem Drang, den Tisch umzuwerfen, zog stattdessen einen Zwanzig-Euro-Schein aus der Tasche, knallte ihn hin und stand auf. »Nichts, gar nichts, verstehst du«, zischte er und verließ das Lokal.

***

Wohin war er verschwunden? Christian stand vor dem Café, drehte sich um die eigene Achse. Menschenmassen drängten über den Markt. Diese verfluchten Touristen versperrten ihm die Sicht und brachten auch sonst nur Ärger. War Susanne seinerzeit nicht ebenfalls als Touristin nach Weimar gekommen und stürzte Arnold damit in sein Verderben?

Er trat auf eine herabgefallene Stadtkarte, rutschte auf ihr aus und geriet einen Augenblick lang ins Straucheln, bevor er sein Gleichgewicht wiederfand. Und da war er schon, der Beweis für den Schlamassel!

Entsetzt über seinen eigenen Gedanken schüttelte er den Kopf. So etwas durfte er nicht einmal denken. Susanne war eine liebenswürdige Frau gewesen, die tagtäglich um Arnolds Gesundheit bangte; es sogar hinnahm, wenn er nachts nicht nach Hause kam, weil sie an der Lösung eines Falles dran waren.

Nicht, dass es viele wirkliche gewalttätige Delikte in Weimar gegeben hätte, aber in ihrem Job man musste mit allem rechnen. Es gab Kollegen, die ihr Leben bei einer simplen Verkehrskontrolle verloren.

Wieder schüttelte er den Kopf, dieses Mal schneller. Was sich da in seinem Hirn abspielte, wurde von Mal zu Mal besser. Er musste aufpassen, sonst würde er bald durchdrehen. Wie Arnold.

Erneut sah er sich um, gab die Hoffnung aber auf, ihn irgendwo zwischen den Menschen zu entdecken. Er musste logisch denken, sich in ihn hineinversetzen und den Hinweisen folgen, wie einem Verbrecher, der zu viele Spuren an einem Tatort hinterließ.

Christian zog sich einen Glimmstängel aus der Packung, die mehr Falten als glatte Oberflächen besaß, und steckte sich diese an. Der Wind wehte von Norden und so entschloss er sich, dem Rauch nachzugehen.

Auf der Kollegiengasse lief er gen Süden, in Richtung Herzogin-Anna-Amalia-Bibliothek, deren Dachgeschoss und die dritte Etage im Jahr 2004 ausgebrannt waren. Christian erkannte nicht eine Spur dieser Katastrophe. Der Schaden an dem Gebäude wurde vorzüglich beseitigt, doch der Verlust der über 50.000 Schriften lag jedem Kunstliebhaber schwer im Magen.

»Nur gut, dass ich keiner bin«, flüsterte er und fragte sich zwischen zwei Zügen: »Warum kann ich meine große Klappe eigentlich nie halten?« Er schnippte die Zigarette davon. Hatte er das Rauchen nicht längst aufgegeben? Warum musste er jetzt wieder damit anfangen? Arnold und die Sorgen um ihn würden ihn noch einmal ins Grab bringen.

Eine Handvoll Passanten drehten sich zu ihm um, schauten ihn verdutzt an. Offenbar hatte er seine letzten Gedanken in Worte gefasst. Es spielte keine Rolle. Christian lächelte zurück und ging weiter, bis er sich in der Puschkinstraße wiederfand.

»Oh Arnold, wo steckst du?« Er seufzte und hielt an einem Imbissstand, dessen Duft ihn eingefangen hatte. Jetzt an Essen zu denken war der unpassendste Augenblick überhaupt. Doch sein Magen knurrte und Arnold war davongelaufen, nicht er. »Er ist über achtzehn und hat einen Ausweis. Er wird sich schon zu helfen wissen«, murmelte er und wandte sich dem Imbiss zu. »Eine Bratwurst mit Senf bitte.« Christian bezahlte mit dem

Kleingeld, das er in seiner Hosentasche fand, und trottete weiter.

Das Handy klingelte in dem Moment, als er abbeißen wollte. Er fingerte nach diesem, stellte fest, dass es sich in der linken Tasche befand, er aber nur die rechte Hand frei hatte und ließ die Rostbratwurst bei einem erneuten Versuch, danach zu angeln, fallen. »Scheiße, Scheiße, Scheiße!«, fluchte er und zog das Telefon hervor. »Was ist jetzt schon wieder?«, brüllte er hinein und wurde sogleich still.

Jeanette war in der Leitung und überbrachte ihm eine Neuigkeit, die seinen Hunger auf der Stelle verschwinden ließ.

***

»Reiße dich bitte zusammen.« Christian lenkte Arnolds Mazda durch die Straßen und kam vor dem Polizeirevier zum Stehen.

Er wollte nicht hier sein. Nicht jetzt und nicht in Zukunft. Arnold wünschte sich zu dem

Kinderspielwarenladen zurück, vor dem Christian ihn vor wenigen Minuten aufgegriffen hatte. In dem Schaufenster hatte ein Püppchen gelegen. Goldene Locken, ein rosafarbenes Kleid und mitten auf der Brust ein riesiges, blinkendes Herz. Lischen hätte es mit Sicherheit gefallen. Er musste dahin zurück, es kaufen und ihr bringen.

Was zum Henker also suchte er hier?

Christian hatte ihn ungefragt mit sich gezerrt und nun saß er auf dem Beifahrersitz seines eigenen Autos, wie ein kleines Kind. Dagegen zu protestieren, ergab aber auch irgendwie keinen Sinn. Er wusste, dass Christian Recht hatte. *Ach, verflucht!* Er hasste es, das zuzugeben und seine Schwäche so offen zu zeigen.

»Kommst du bitte?«, drängelte sein Partner, der gerade den Zündschlüssel abzog.

Seine Lider fühlten sich schwer an, der Schädel dröhnte, als hätte er auf einem Felsen geschlafen. »Was´ n eigentlich los?«, brachte er mühsam hervor. Seine Zunge schien wie von Blei ummantelt.

»Unser Täter hat sich gemeldet«, antwortete Chris ohne jegliche Betonung.

Sofort war Arnold wach, die Nebenwirkungen des Bieres und die Depression waren verflogen, auch wenn der Schmerz hinter seiner Schläfe blieb. Geistesgegenwärtig massierte er sich diese mit zwei Fingern. »Was? Wie … Warum hast du nicht eher was gesagt?«

»Weil du nicht in der Verfassung warst, so eine Neuigkeit aufzunehmen. Außerdem wärest du dann auf die Idee gekommen, selbst fahren zu wollen.«

Damit hatte Christian möglicherweise ebenfalls recht, doch es passte es ihm gar nicht, so ahnungslos vor dem Revier vorzufahren. Ungeschickt fummelte er nach dem Gurt, der sich nicht öffnen lassen wollte, egal wie sehr er darauf herumdrückte.

»Siehste, du kannst dich nicht

einmal abschnallen.« Christian löste den Riemen seufzend für ihn. »Und nun sei bitte vernünftig. Ich rede, okay?«

Arnold nickte, auch wenn er damit nicht einverstanden war. Dann stieg er aus, fiel mehr, als dass er wirklich ging, und rappelte sich auf. »Oh man, wie hältst du das nur aus, ständig zu saufen?«

»He, mach mal sachte. Erstens saufe ich nicht ständig und zweitens ist das alles eine Sache des Trainings.« Christian grinste und half ihm auf, ließ ihn aber nicht los.

»Wenn das so ist, dann verzichte ich auf das Training.« Er klopfte sich den Staub von der Hose und folgte seinem Freund zum Eingang des Reviers. Unterwegs grüßte er die zwei Orleanderbüsche, die mit Handschellen an dem Eingangsschild festgekettet, hinter Gittern standen. »Die Kollegen buchten wohl neuerdings alles ein, was sie zwischen die Finger bekommen?«, versuchte er zu scherzen und spürte sogleich, dass es gründlich misslang.

»Kann man so sagen«, antwortete Christian aus purer Höflichkeit.

Die Türen öffneten sich automatisch und kalte, trockene Klimaanlagenluft wehte ihnen entgegen.

»Hier holt man sich ja den Tod und Schlimmeres«, wetterte Arnold weiter und verstummt erst, als er Alina Votice entdeckte.

Sie stand inmitten des Ganges, unterhielt sich dort mit Jeanette und wedelte mit einem Stück Papier.

»Meine Damen?« Endlich ließ Christian ihn los und ihn allein in sein Verderben stolpern, während er jeder der Frauen einen Handkuss verpasste. »Ich freue mich, euch wiederzusehen. Ich hörte, ihr seid im Besitz von Neuigkeiten für mich?«

»Eher für euch.« Alina schaute an ihm vorbei zu Arnold.

Mit halb erhobener Hand winkte er ihr zu. Sein Arm schien ebenfalls aus Blei zu bestehen. Verflucht, wann ließ dieses Gefühl endlich nach?

»Was hast du denn mit ihm gemacht?«

»Ich?« Christian begann, mit beiden

Händen zu fuchteln. »Ich habe gar nichts gemacht. Ausnahmsweise bin ich mal unschuldig.«

»Wers glaubt.« Jeanette zwinkerte ihm zu und um ein Haar hätte Arnold die Finger ins Feuer gelegt, dass sie an Christian nicht so uninteressiert war, wie sie immer tat.

Christians Gesicht wechselte von der beginnenden Bräune zu einem knalligen Rot, dann wandte er sich wieder Alina zu. »Frauenproblem«, flüsterte er ihr hinter vorgehaltener Hand zu, gerade so laut, dass Arnold es hören konnte.

Ist der Kerl übergeschnappt? Er darf Alina nicht … Nicht Alina. Was soll sie von ihm … Und überhaupt – was erdreistet er sich, Susanne so respektlos gegenüber zu sein? Frauenproblem?! Er ging auf das Grüppchen zu, wankte eher, und zog Christian zur Seite. »Mit dir habe ich ein Hühnchen zu rupfen, das kannst du wissen.«

»Wenn es dem entgegen kommt, dass ihr beide, du und Alina, endlich mal miteinander ausgeht, dann gern.«

Er lächelte noch immer und in Arnolds Faust juckte es verdächtig. Wie gern würde er ihm wenigstens eine Ohrfeige verpassen! Jemand musste es tun, damit Christian endlich Respekt lernte. Doch letztlich besann er sich darauf, wo er sich befand und wer er war, hielt sich unter Kontrolle und biss sich stattdessen auf die Lippen.

»Na ja, der Täter – zumindest nehmen wir das an – hat uns einen Brief geschickt«, erklärte Jeanette, die Streithähne ignorierend. »Direkt hier an die Mordkommission, allerdings ohne spezifischen Empfängernamen.«

»Gedruckt wurde es auf herkömmlichem Papier, das es in jedem Billig-Laden zu finden gibt. Wahrscheinlich auf einem HP-Deskjet, also auch einem Standard-Drucker. Zu meinem Bedauern sind keine Fingerabdrücke oder sonstige verwertbare Spuren darauf«, ergänzte Alina und überreichte Christian den Zettel. »Der Täter muss den Brief aber persönlich eingeworfen haben. Es fehlt der Poststempel.«

»Die Überwachungskameras?« Chris blickte Richtung Ausgang, als ob er den Missetäter vorhin nur übersehen hätte.

»Die haben nichts aufgenommen.« Jeanette seufzte. »Die Briefkästen liegen in einem toten Winkel. Und bevor du fragst: Nein, keiner der Kollegen hat etwas gesehen.«

»Also bleibt uns nur das hier?« Christian Griso schürzte die Lippen und murmelte unverständlich. Dann begann er vorzulesen:

Tod und Knechtschaft

Seiner kleinen Philomele
Sang aus tiefer, voller Seele
Ihr Aëdon noch sein Lied,
Als er droben einen Geier,
Drunten einen Vogelsteller
Schweben und anschleichen sieht.
»Auf! Geliebte, auf! und wähle!
Siehe, siehe, was uns droht,
Unten Knechtschaft, oben Tod!«
»Frisch gewählt!« sprach Philomele;
»Ungetrennet süßen Tod!«

»Da hat wohl jemand ein gewaltiges Egoproblem«, lallte Arnold und hörte erst jetzt, wie verwaschen er eigentlich sprach. Er spürte, wie ihm die Hitze ins Gesicht stieg. Die anderen schienen es jedoch nicht wahrzunehmen und nickten zustimmend.

»Wahrscheinlich hat es ihn gestört, dass heute Morgen keine Zeitung auch nur einen winzigen Bericht über seine Tat brachte«, murmelte er.

»Vielleicht ist er sich nicht sicher, ob wir die Leiche überhaupt gefunden haben«, überlegte Christian laut.

»Und wenn wir die Pressemitteilung weiter zurückhalten, er unruhig wird und dann schauen geht, ob die Tote dort noch am Baum hängt? Zumindest würde ich das so machen, wenn ich jemanden umgebracht hätte«, gestand Jeanette und zog damit die Blicke auf sich. »Ich meine ja nur«, erklärte sie und kratzte mit der Schuhspitze über den Linoleumboden. Ihre Wangen glühten.

»Ich glaube eher weniger, dass das funktioniert. Dazu ist er zu gewieft. Aber ich denke, langsam ist es an der Zeit, mal nach dem Professor zu sehen, von dem Frau Melzer sprach. Oder was meinst du, Borgi?«

Kapitel 6
-
Zweifel, Sehnsucht und ein Wunder

Der Brief sollte in der Zwischenzeit angekommen sein. Musste er einfach, denn schließlich, hatte er ihn eigens auf dem Revier in den Briefkasten eingeworfen. Dass man ihn dabei nicht entdeckte, grenzte für ihn an ein Wunder und nun, im Nachhinein schallte er sich selbst für sein riskantes Spiel. Hätte nur einer der Beamten just in diesem Augenblick aus dem Fenster geschaut oder hätten dort irgendwo Überwachungskameras gehangen … Nein, daran durfte er nicht denken. Alles war gut gegangen und niemand würde ihn aufhalten können, bevor er seinen Plan zu Ende geführt hatte. Dafür trug er schon Sorge.

Er streckte sich auf seiner Betthälfte aus und schaute aus der Dachschräge hinauf in den nächtlichen Himmel. Viele Sterne konnte er nicht erkennen, dazu war das Licht der Stadt zu intensiv.

Einen Moment träumte er sich zurück in jene Zeit, in der Herder lebte. Wie er wohl die Objekte am Himmelszelt wahrgenommen hatte? Strahlten sie einst heller? Weckten sie bei ihm ebenfalls ungeahnte Sehnsüchte, so, wie in ihm? Er zog die Decke bis zu den Schultern und kuschelte sich ein.

Es gab keinen Zweifel. Jetzt würde man ihn bemerken. Und morgen, ja, morgen, da wartete eine neue Arbeit auf ihn. Mit jedem Ruck des Sekundenzeigers kam er seinem Ziel näher.

Tick- Tack – Tick – Tack.

Kapitel 7
-
Schmerzen, eine Schule und Rumpelstilzchen

Arnold wälzte sich auf seinem Bett hin und her, steckte den Kopf unter das Kissen, um der morgendlichen Helligkeit zu entrinnen und damit das Hämmern hinter seinen Schläfen einzudämmen. Es gelang nicht.

»Verflucht«, murmelte er und konnte sich nur noch schemenhaft daran erinnern, was am vergangenen Abend geschehen war. Es gab einen neuen Brief, aber was war mit der dazugehörigen Leiche? Warum konnte er sich diese nicht ins Bewusstsein rufen? Oder gab es dieses Mal überhaupt keine?

Sie sprachen mit Jeanette und Alina, wollten irgendwohin und dann … Filmriss. Alles, was danach passiert war, war mehr oder weniger eine willkürliche Ansammlung bunter Farben hinter seiner Stirn, die keinen Sinn zu ergeben schienen. Er musste

Christian anrufen, den einzigen Menschen, der ihn aufklären konnte.

Arnold tastete nach seinem Handy in der Hosentasche und stellte fest, dass er nackt war. Seine Kopfschmerzen verschwanden schlagartig und er fuhr sich über die Brust, dort, wo vereinzelte Haare sprossen – und wo ebenfalls die Kleidung fehlte. Wie zum Teufel war er hierher gelangt und wer hatte ihn ausgezogen?

Abrupt setzte er sich auf und sank sofort in sich zusammen. Da war er wieder: dieser furchtbare Schmerz, der ihm nur einen Moment der Atempause gegönnt hatte. Arnold steckte den Kopf zwischen seine Knie und begann, ohne Hast, bis Zehn zu zählen. Dann erst hob er den Kopf erneut und blinzelte in den Tag hinein.

Wenn er sich nicht komplett irrte, war dies nicht seine Wohnung. Er besaß keine orangefarbenen Vorhänge, keinen Kleiderwäscheschrank, der den größten Teil des Zimmers einnahm, dazu noch über und über mit Spiegeln bespickt. Aber wenn das nicht sein Zuhause war, wo befand er sich dann?

Etwas musste am vergangenen Abend vorgefallen sein. Etwas, an das er sich nicht erinnern konnte.

Da war dieses Mädchen im Café gewesen, das ihm zugelächelt hatte. Sollte er mit ihr …? An der Decke, über dem Bett, entdeckte er weitere Spiegel und erkannte die leichenblasse Gestalt, die ihn von dort oben aus anstarrte, im ersten Moment nicht.

»Shit, was hast du bloß angestellt?«, murmelte er und erschrak angesichts seiner krächzenden Stimme.

Das Knarren einer Türklinke ließ ihn zusammenfahren. Hastig zog er die Bettdecke bis zum Kinn. Wenn er sich gestern schon blamiert hatte, so musste er dies heute nicht mit aller Macht fortsetzen. Aber wie sollte er ihr erklären – ihr, dem Mädchen, deren Namen er nicht einmal kannte – dass diese Nacht mit ihm einen Fehler darstellte?

»Guten Morgen. Endlich ausgeschlafen?«

Keine Frauenstimme! Ein tonloser Schrei entglitt ihm. Was hatte man ihm gegeben? Er schob die Decke zurück, bereit, aufzuspringen und sah in die Richtung, aus der die Stimme kam. »Christian!«

Sein Partner stand im Türrahmen und lächelte ihm entgegen. »Es tut mir ja leid, wenn du mit jemand anderem gerechnet hast. Aber hier bin leider nur ich.« Er trat an Arnolds Bett heran. »Ich dachte schon, du willst niemals wieder aufstehen. Wobei mich das auch ehrlich nicht gewundert hätte, so, wie du gestern drauf gewesen bist.« Christian reichte ihm ein Glas Wasser, in dem irgendetwas Weißes schwamm. »Aspirin«, erklärte er und nickte ihm zu. »Trink das. Dann wird es dir gleich besser gehen. Glaube mir.«

Er wollte etwas erwidern, doch seine Zunge klebte am Gaumen fest. Dankbar nahm er die Medizin an und leerte das Glas mit einem Zug. Reste der Flüssigkeit tropften sein

Kinn herab. Er wischte sie mit dem Handrücken davon und ließ sich zurück ins Kissen fallen.

»Warum bin ich hier?«, erkundigte er sich nach einigen Minuten, in denen Christian beharrlich schwieg.

Langsam ließen die Kopfschmerzen nach, verschwanden aber nicht ganz.

»Ich konnte dich unmöglich alleine lassen. Du hast dermaßen zusammenhangloses Zeugs geredet, dass ich mir wirklich Sorgen um deinen Verstand gemacht habe. Und bevor du auf irgendwelche dummen Gedanken …«

Christian sprach nicht weiter, aber Arnold konnte sich gut vorstellen, was er damit meinte. Schließlich hätte er sich gestern selbst nicht mehr vertraut.

»Außerdem wollen wir zu diesem Professor Wolfgang Methelen, erinnerst du dich?«

»Methelen.« Langsam nickte er. »Die Tote im Park.« Er stieß das Bettzeug von sich und wurde sich erneut seiner Nacktheit bewusst. Rasch griff er nach dem Kissen, um seine

Blöße zu bedecken, doch da hatte sich Christian bereits abgewandt.

»Zieh dich an, dann machen wir los.«

Nach einem improvisierten Frühstück, das aus Kaffee und einem Schokoladenriegel bestand – mehr hatte Dauersingle Christian Griso nicht in seinem Kühlschrank gefunden – machten sich die Männer auf den Weg zur Bauhaus-Universität, in der Geschwister-Scholl-Straße 8. Es musste Frühstückspause sein, denn vor dem Gebäude lungerten die jungen Erwachsenen herum, unterhielten sich und rauchten gemeinsam in kleinen Grüppchen. »Lehrerzimmer?«

»Wäre der erste Ort, an dem ich suchen würde.« Arnold parkte den Wagen vor dem Schulgelände und strich sich die Falten aus dem Hemd. Die letzten verräterischen Spuren der vergangenen Nacht waren damit beseitigt und tauchten hoffentlich nie wieder auf.

»Ich danke dir«, sagte er und fuhr sich mit beiden Händen durch das Gesicht.

»Wofür?« Christian erhob seine Augenbrauen fragend und sah ihn an.

Offenbar wusste er tatsächlich nicht, von was er sprach. »Dafür, dass du mir wahrscheinlich das Leben gerettet hast.« Bevor Christian eine Diskussion diesbezüglich beginnen konnte, stieg Arnold aus dem Wagen. *Bitte, Themenwechsel und keine Gespräche darüber,* flehte er insgeheim und tat, als studiere er jeden Winkel der Universität und präge ihn sich ein. »Erinnert mich irgendwie an unsere Ausbildung in Schmalkalden«, sagte er, ohne Christian anzusehen. »Damals war die Welt noch in Ordnung und wir voller Elan. Erinnerst du dich, wie wir uns vornahmen, jeden Verbrecher in Thüringen dingfest zu machen? Danach wollten wir losziehen und die ganze Welt von dem Bösen befreien.«

»Das waren Zeiten«, stimmte Christian flüsternd und zugleich kichernd zu. »Manchmal wäre ich gern noch einmal jung und hätte ein paar Haare mehr auf dem Kopf.« Er betastete seine Geheimratsecken, die sich seit einigen Jahren immer weiter ausbreiteten. Interessanterweise ließen sie ihn reifer statt älter wirken. Dennoch wusste Arnold, dass Chris diese fehlenden Haare als ein Makel empfand und ihn niemand darauf ansprechen sollte, wollte er sich nicht eine Standpauke anhören.

»Na dann komm, du alter Mann.« Arnold lachte. »Lass uns einen Schulbesuch machen.«

***

Die Studenten schauten ihnen nach, tuschelten hinter vorgehaltener Hand und manch einer zeigte sogar auf sie. Ihm war es egal. Eine Abwechslung im grauen Schulalltag, die man spätestens in der nächsten Pause vergessen hatte; mehr stellten sie für diese jungen Leute nicht dar.

Christian ging einen Schritt hinter Arnold. So, wie er es schon immer getan hatte und es bis in alle Ewigkeit tun würde. Wie es einst dazu kam, daran erinnerte er sich nicht mehr. Zu lang lag ihr Kennenlernen in der Vergangenheit und heute war es eine liebgewonnene Marotte. Wenn ihn jemand danach fragte, warum sie diese weiterhin beibehielten, so antwortete er, dass er auf diese Art und Weise Arnold jederzeit den Rücken freihalten konnte.

Natürlich wusste Christian, dass es Unsinn war und er sich selbst belog. Dass dieser eine Schritt hinter Arnold zu gehen ein Ausdruck seiner Achtung vor ihm war. Immer hatte er seinen Partner insgeheim als Anführer gesehen, auch wenn sie zusammen – gleichschnell - die Karriereleiter hinaufgeklettert waren. Er stellte für ihn einen großen Bruder dar, der ihn jederzeit beschützte und aus allen möglichen und unmöglichen Lagen befreien konnte.

Er stolperte über einen Bordstein und kehrte augenblicklich mit seinen Gedanken zurück an diesen Einsatzort.

»Alles in Ordnung?«

»Jepp. Ich hab mich nur vertreten.« Er blieb einen Moment stehen. Das Gebäude mit seinen riesigen Fenstern wirkte wie ein Kunstwerk für sich. Diese Atmosphäre, die von Geschichten gesättigt zu sein schien … Nicht einmal er, als ausgesprochener Realist, konnte sich diesem Einfluss entwinden. Kein Wunder, dass an diesem Ort talentierte Menschen inspiriert wurden und den Weg einer Künstlerkarriere einschlugen.

Sie gingen weiter und passierten die Eingangstür, die ihm kalt und funktional vorkam. Ein extremer Gegensatz zu dem Rest des Gebäudes. Vielleicht verstand er auch nicht den Zusammenhang zwischen ihnen? »Muss ich nicht verstehen. Ich bin Kommissar, kein Künstler«, murmelte er.

»Was hast du gesagt?«

»Ich habe gefragt: Weißt du, wo wir suchen müssen?«, erkundigte sich Christian.

Die Wände hier drinnen waren kahl und damit völlig anders, als er sich vorgestellt hatte. Er schlang die

Arme um seinen Oberkörper. Mit einem Male fror er. Sie befanden sich in einer Kunstschule. Wo also blieben die Gemälde? Die farbenfrohen Mauern? Nichts davon war zu sehen, nur diese schier endlose Leere und der Duft von frisch gebohnertem Linoleum, der ihm in die Nase stieg. Niesend wandte er sich um.

»Nicht wirklich. Ich würde sagen, immer deiner Triefnase nach.« Chris schniefte und Arnold zeigte den Flur entlang.

»Nichts da! Von wegen, immer der Nase nach!« Eine kleine Gestalt, die Christian im ersten Augenblick an Rumpelstilzchen erinnerte, stellte sich ihnen in den Weg. Bei genauerem Betrachten fiel ihm sein fataler Irrtum auf und er spürte, wie seine Ohren zu glühen begannen. Dieses Wesen hatte zwar Ähnlichkeit mit der besagten Märchengestalt, doch war es eine leibhaftige Frau. Sie trug einen mausgrauen Anzug, dazu eine passende mausgraue Hornbrille und das Haar war so straff zurückgebunden - als wäre sie eben in diesem Moment dem Alptraum eines Schülers entsprungen und leibhaftig geworden. Ein eisiger Hauch von Magie wehte um sie herum. *Die Schneekönigin,* dachte er bei und fröstelte. *Die böse Königin ...*

Er biss sich auf die Lippen, um nicht laut loszulachen. »Wo kommen Sie denn her?«, rief Christian ihr zu.

Sie zeigte auf die offenstehende Flügeltür hinter sich, die er zuvor nicht bemerkt hatte, und schien ihn mit ihren grauen Augen zu fixieren.

»Bitte entschuldigen Sie unser Eindringen. Aber wir möchten zu Herrn Professor Wolfgang Methelen«, erklärte Arnold Borge mit fester Stimme und ohne sich von diesem Rumpelstielzchen einschüchtern zu lassen.

»Und wer sind ›wir‹? Sie glauben doch nicht etwa, dass wir jeden in unsere Räume lassen, der das möchte? Das bringt nur Unruhe unter die Schüler.« Sie schaute über ihre Brille hinweg und Christian widerstand dem Impuls, sich zu ducken. Die Schüler hatten sicherlich nichts zu lachen bei dieser Person.

Borgi straffte seine Schultern und zog seine Dienstmarke hervor. »Wir, das sind die Leute von der Kriminalpolizei. Und nun würden wir uns sehr freuen, wenn Sie uns mit dem Herrn zusammenbringen könnten.«

Die Farbe wich einen Moment lang aus ihren Wangen, doch kehrte umso intensiver zurück, als sie sich kerzengerade aufrichtete – und dabei noch immer kleiner war als Christian. »Es tut mir leid, aber Professor Methelen gibt heute keinen Unterricht.«

»Wo können wir ihn finden?« Arnold sprach beherrscht, doch der drohende Unterton schien auch dieser Frau nicht entgangen zu sein, denn sie beeilte sich, zu antworten: »Wahrscheinlich zuhause. Er geht nicht mehr viel weg. Erst recht nicht, seit seine Gattin an das Bett gefesselt ist. Er pflegt und kümmert sich um sie. Manchmal scheint er frustriert darüber. Aber wen verwundert das?« Nach einer kurzen Pause fügte sie hinzu, und versuchte dabei ihre

Mundwinkel nach oben zu bringen, was ihr das Aussehen einer Furie verlieh: »Hat er etwas angestellt?«

»Haben Sie eine Adresse?«, erkundigte sich Christian, dessen Beinahe-Angst wich und sich jetzt in Nervosität wandelte. Weshalb konnten die Leute ihre Nasen nicht in ihre eignen Angelegenheiten stecken? Das würde ihnen einiges an Arbeit ersparen.

»Wenn Sie sich einen Moment in Geduld üben, junger Herr.« Damit verschwand sie durch die Tür, durch die sie zuvor gekommen war.

»Was ist denn das für eine?«

»Keine Ahnung. Irgendwie erinnert sie mich an meine Direktorin von damals.« Arnold starrte weiter die Tür an, hinter der sie verschwunden war. »Die mochte ich schon nicht.«

»Ich glaube nicht, dass es dort drin einen zweiten Ausgang oder einen Fluchttunnel gibt«, versuchte Christian die Spannung im Raum zu lösen.

»Trotzdem sollten wir vorsichtig sein«, entgegnete Arnold trocken.

»Meine Herren.« Mit einem Zettel kehrte sie aus dem Büro zurück und drückte ihn Arnold in die Hand, ohne Christian auch nur eines Blickes zu würdigen. »Hier die Adresse von Herrn Professor Methelen. Ich möchte Sie bitten, Diskretion zu wahren. Eigentlich bin ich nicht befugt, die Privatadressen herauszugeben. Aber ich denke, bei Ihnen kann ich eine Ausnahme machen. Sie erscheinen mir sehr vertrauenswürdig.« Die graue Maus setzte ein Lächeln auf und schien Borgi regelrecht anzuhimmeln.

»Vielen Dank, Frau …«

»Steinbach. Fräulein Steinbach.«

Christian wandte sich ab. Das konnte sich ja kein vernünftiger Mensch antun! Wahrscheinlich würde sie es nicht einmal mitbekommen, wie lächerlich sie sich machte, wenn sich der Boden auf der Stelle auftat und sie verschluckte – eben wie bei Rumpelstilzchen.

»He warte doch!« Arnold hatte sich von seiner Verehrerin losgerissen und eilte ihm nach. »Warum bist du so genervt?«

»Du scheinst eine Schwäche für Direktorinnen zu haben. Oder wie erklärst du dir, dass du dich an deine ehemalige Schuldirektorin erinnerst? Ich kann mich ja nicht mal mehr an unsere Klassenleiterin aus der Ausbildung erinnern.«

»Ich …«

»Pst. Ich bin noch nicht fertig.« Er legte den Zeigefinger auf die Lippen und drehte sich dabei herum, sodass er nun rückwärts lief und Arnold anschauen konnte. »Und wie kommt es, dass du so eine magische Anziehung auf die hässlichsten Weiber hast?« Christian duckte sich und beschleunigte seinen Schritt.

»Na warte du!«, feixte Arnold und rannte ihm hinterher.

Kapitel 8
-
Morgengrauen an der Ilm und das Mädchen im Park

Es war so weit. Die Polizei hatte seinen Brief gefunden, dessen war er sicher. Am Morgen gab es zwar wieder keinen Bericht in der Zeitung; nicht einmal im Videotext des Stadtfernsehens, TV – Erfurt oder im Jena TV, hatte es eine Meldung gegeben. Aber er wusste, dass ihnen sein Schreiben vorlag. Sie konnten es nicht ignorieren. Unruhig blickte er um sich, verschränkte die Arme, ballte die Hände zu Fäusten und ließ wieder locker. Die Anspannung hatte von ihm Besitz ergriffen. Vorfreude, Erregung und sogar ein wenig Angst kämpften in seinem Inneren um die Vorherrschaft. Natürlich bedauerte er es, dass man ihm nicht die Aufmerksamkeit schenkte, die ihm zustand, aber es stellte noch keinen Weltuntergang dar. Früher oder später würden sie ihn bemerken. Er musste nur geduldig bleiben. Tief atmete er durch. Mit Sicherheit hielt die Kripo die Presse auf Abstand. Welche Gründe sprachen dafür? Hatten sie etwa Spuren gefunden? Nein, sicher tappten sie im Dunklen. Er hatte aufgepasst, hatte Vorkehrungen getroffen und jede Minute seines morbiden Bestrebens im Vorfeld geplant. War ihm dennoch eine Unachtsamkeit widerfahren? Dass sich dieses Mädchen gewehrt hatte, das war von Anfang an eingeplant gewesen. Es gab Spuren, ja, aber keine, die auf ihn hindeuten würden.

Zu schade, dass er nicht mehr wusste, denn die Neugierde nagte an ihm wie eine Ratte an einem Stück toten Fleisch.

Gern hätte er wenigstens den Namen des Kommissars erfahren, der seinen Sachverhalt bearbeitete. In diesem Fall könnte er den nächsten Brief etwas persönlicher gestalten. Aber wenn es nicht sein sollte, dann nicht. Er konnte damit leben und ließ erschöpft die Schultern sinken.

Obwohl es zeitig am Morgen war, und die nächtliche Kühle noch durch den Park schwebte, versprach die Sonne einen heißen Tag. Er nahm auf einer Bank im Park an der Ilm Platz und ließ die Beine baumeln. Einige Jogger waren bereits unterwegs, die das Glitzern des Morgenlichtes und den Nebel auf dem Wasser nicht zu würdigen wussten. Diese absolute Friedfertigkeit, dieser Einklang der Natur, bevor die ersten Touristen diese Idylle störten. Niemand nahm von ihm Notiz, niemand sah oder sprach ihn an. Doch er selbst betrachtete auch nicht nur die Schwaden, die gespenstisch in Richtung Land krochen und dort alles einhüllten und verschwinden ließen, was in ihre Reichweite kam. Er war auf der Suche; auf der Suche nach einer neuen Auserwählten. Sein Herz raste, Schweiß trat ihm auf die Stirn, den er mit einem Taschentuch wegwischte.

Die Zeit drängte. Bald würde es hier von Menschen wimmeln – und bis dahin musste er seinen Job erfüllt haben. Eine beliebige Frau konnte er nicht nehmen, nein, das würde seinen Plan verfälschen und die Kommissare in eine Richtung lotsen, die nicht unter seiner Kontrolle stand. Er durfte die Nerven nicht verlieren! Schon vor Wochen hatte er sich die infragekommenden Damen herausgepickt. Er betrachtete die Joggerinnen, die an ihm vorbeiliefen, ohne ihn eines Blickes zu würdigen. Sie waren hübsch, schlank und die Gesichter strahlten in einem leuchtenden Rot. Frauen, wie er sie begehrte und doch niemals bekommen würde. Nie gab es eine, die ihn ansprach. Trübsal darüber zu blasen, das tat er seit Jahren nicht mehr. Er war kein Frauenschwarm wie die Typen aus dem Fernsehen und wollte es auch nicht sein. Nein, er führte ein Leben, ohne von diesen weibischen Dämonen abhängig zu sein. Darauf war er stolz. Außerdem gab es sowieso nicht eine, die ihm das geben konnte, was er wirklich verlangte und begehrte.

Er hielt den Atem an und konzentrierte sich auf sein Vorhaben, als er eines der Mädchen erkannte. Tanja hieß sie. Eine Studentin aus der Bauhaus-Universität; eine freie Künstlerin. Malerin, wenn er sich recht erinnerte. Er hatte sie beobachtet – Monate lang, wie all die anderen Gören. Sie war perfekt. Auch sie lief an ihm vorbei, ohne ihn zu bemerken.

Er stand ohne zu zögern auf; folgte ihr. Nicht einmal jetzt drehte sie sich zu ihm herum.

Seine Kondition war nicht mehr die Beste, das spürte er schon nach wenigen Schritten und rang nach Luft. Kilometerweit wollte er sowieso nicht rennen. Wenn alles klappte, nur noch einige hundert Meter, bis zu der großen Weide am Fluss.

Ihre blonden Haare wehten im Laufwind und er glaubte, den süßen Duft von Jasmin wahrzunehmen. Jegliche Zweifel, die jemals in ihm waren, gehörten der Vergangenheit an. Er war sich seiner Tat absolut sicher, nichts konnte ihn davon mehr abbringen. Es musste sein. Er beschleunigte seinen Gang, näherte sich ihr. Für jeden musste es aussehen, als wäre er ein gut trainierter Läufer, der gleich zu einem Überholvorgang ansetzte.

Tatsächlich hatte er genau das vor. Nach einem langen Stau in seinem Leben hatte er endlich auf die Überholspur gewechselt und würde diese auch nicht mehr verlassen.

Es war so weit. Noch drei Schritte. Zwei. Einer. Er war auf gleicher Höhe wie sie, sog einen Moment den widerlich erregenden Duft ihres Schweiß ein. Die Zeit schien stillzustehen. Er nahm jedes einzelne Härchen an ihr wahr, bemerkte das sanfte Beben ihrer Lippen, den winzigen Speicheltropfen in ihrem Mundwinkel. Wie zufällig berührte er sie mit der Schulter, doch dann gab er ihr einen Stoß mit dem Oberarm, sodass sie ins Straucheln geriet und mit einem Ausfallschritt auf dem Rasen landete.

Besser ging es nicht! Er setzte noch einmal nach; musste dabei aufpassen, nicht selbst das Gleichgewicht zu verlieren.

Sie fiel.

Endlich.

Er blickte sich um, aber niemand verfolgte dieses Schauspiel. Weit und breit konnte er keinen weiteren Menschen entdecken. Sein Herz raste vor Aufregung und Freude. *Perfekt! Perfekt!*, schallte es hinter seiner Stirn. Ab jetzt lief alles regelrecht automatisch ab. Bevor sie einen Ton des Missfallens äußern konnte, war er über ihr; hielt ihr den Mund zu. Sie wehrte sich, schlug um sich, und traf ihn mehr als einmal schmerzhaft. Es störte ihn nicht. Im Gegenteil: Auf bizarre Art und Weise fand er es sogar erotisch. Einen Moment überlegte er, von seinem Plan abzuweichen und mit ihr Dinge anzustellen, die er schon seit Jahren nicht mehr hatte tun können. Doch er wusste auch, dass dies ein Fehler wäre. Ein Fehler, den er sich nicht leisten durfte.

Das Mädchen biss ihm in die Finger. Der gleißende Schmerz schoss durch die Hand, bis in den Unterarm. Er zog sich nicht zurück, stöhnte nur. Was bildete sich dieses Luder ein? Er holte aus – und hielt inne. Schlechter konnte er einen Zeitpunkt für Gefühlsausbrüche - jeglicher Art - nicht wählen. Dieser Ort war zu öffentlich, der Tag zu weit fortgeschritten, um sich solch einen Funken Luxus zu gönnen.

Seine Wut sollte er sich aufbewahren, für eine Gelegenheit, wenn sie ihm wirklich von Nutzen war.

Er zerrte Tanja zum Ufer der Ilm, zwei Manneslängen entfernt. Suchend schaute er sich um, und entdeckte zu seinem Wohlgefallen noch immer keine Menschenseele weit und breit.

Die Studentin wandte sich unter seinem Gewicht, trat ihm gegen das Schienbein und boxte ihm in die Rippen, sodass ihm der Atem ausblieb. Er durfte keine Schwäche zeigen und biss sich auf die Unterlippe. Später konnte er seine Wunden lecken. Er warf sie zu Boden, drehte sie auf den Bauch, das Gesicht in Richtung des Flusses.

Sie versuchte, sich auf die Ellenbogen zu stützen, doch er kam ihr zuvor und setze sich auf ihren Rücken. Dennoch schaffte sie es, ihn einige Zentimeter nach oben zu drücken.

Diese Frau ist stärker, als ihr Äußeres verrät. Mit der freien Hand packte er nach ihrem Schopf, während die andere weiter den Mund versiegelte. Er spürte, wie sich ihre Zunge hinter den Lippen bewegte, dann tauchte er ihren Kopf unter Wasser.

Ungewöhnlich kalt empfand er die Fluten. Schon jetzt begannen seine Finger taub zu werden. Hoffentlich dauerte es nicht zu lange. Sie strampelte mit den Füßen, doch die Bewegungen wurden mit jedem Mal kraftloser.

Irgendwann hörten sie ganz auf.

Er zog seine Hand aus dem Wasser, als er keinen Widerstand mehr spürte. Letzte Luftblasen stiegen auf und verebbten und hinterließen die Illusion einer kochend heißen Liebe.

Kapitel 9
-
Fahrradfahrer, Erstaunen und der Professor

Er fühlte sich frei. Frei, wie schon lange nicht mehr. Ob es mit dem Ausflug in die Schule zusammenhing und den damit verbundenen Erinnerungen an eine unbeschwerte Zeit?

Arnold trällerte ein Lied auf Englisch aus dem Radio mit, das er nicht kannte, und erntete dafür einen spöttischen Blick seines Partners. Er schaltete es aus, nachdem es geendet hatte.

»Was hast du für Drogen genommen?«, erkundigte sich Christian und sah ihn kopfschüttelnd an. »Warst du in der Asservatenkammer, um Backpulver zu holen?«

»Ich backe nicht«, entgegnete Arnold und lenkte den Wagen auf die Belvederer Allee ein, hielt an einer gelben Ampel und überhörte geflissentlich das Hupen seines

Nachfolgers, der offenbar noch rasch hatte rüberhuschen wollen.

»Ich weiß auch nicht. Ich fühle mich, als könnte ich Bäume ausreißen«, sagte er, als die Ampel auf Grün schaltete und er anfuhr. »Vielleicht lag es ja an deiner Therapie gestern?«

Christian holte Luft, wollte etwas sagen, doch Arnold kam ihm zuvor. »Und nein, ich habe nicht vergessen, was du zu Alina gesagt hast. Ich finde es noch immer nicht fair von dir und eigentlich bin ich sauer auf dich. Aber ich habe im Moment keine Lust, meine Energie darauf zu verschwenden, mit dir zu streiten. Wahrscheinlich würdest du danach nicht mehr mit mir reden und das wäre in unserem jetzigen Fall ein wenig ungünstig.« Er setzte den Blinker, schaute über die Schulter zurück, bog in Richtung Heimholtzstraße ab und gab Gas.

»`Tschuldigung«, flüsterte Chris. »War kein feiner Zug von mir. Ach, Borgi, wenn ich doch nur wüsste, wie ich dich aus deinem Schneckenhaus rausbekomme. Du bist jung. Da draußen warten hunderte Frauenherzen darauf, von dir erobert zu werden. Und ich bin mir sicher, Susanne hätte …«

»Glaubst du nicht, das wüsste ich nicht selbst?«, schnitt er ihm, wütender als beabsichtigt, das Wort ab und sah ihn an. »Aber denkst du, dass es so einfach ist, sich von ihr zu lösen? Ich liebe sie noch immer und habe das Gefühl, ich würde sie betrügen. Und das schon allein bei einem Gedanken …«

»Vorsicht! Fahrradfahrer!«

»Hä?« Instinktiv trat Arnold auf Kupplung und Bremse, umklammerte das Lenkrad mit beiden Händen, sodass die Finger vor Schmerzen verkrampften, und blickte dann erst nach vorn.

Ein Greis stand mit seinem Fahrrad vor der Motorhaube des Mazda und starrte sie an. Nach einigen Sekunden schüttelte er den Kopf, murmelte etwas in seinen Schnauzer und ging weiter. Auch die zweite Straßenhälfte querte er, ohne vorher nach rechts oder links zu blicken.

Arnold zitterte, als er den Gang einlegte und wieder anfuhr. »Sag jetzt nichts«, erklärte er drohend seinem Partner, der sich lächelnd abwandte, um aus dem Seitenfenster zu schauen.

***

»Alter Schwede. Ich glaube, wir sollten unseren Job wechseln.« Christian starrte durch die Windschutzscheibe das Gebäude an, das mit der Adresse auf dem Zettel, den ihn Rumpelstilzchen gegeben hatte, übereinstimmen sollte. Das, was er sah, war schon kein Haus mehr. Vielmehr war es eine Villa, über drei Stockwerke hoch. Von der Straße aus konnte er einen Balkon und eine Terrasse erkennen. Der Garten ringsumher riesig, größer als seine Wohnung, größer als ein Fußballplatz und dazu noch gepflegt. Wie mit der Schere geschnitten, fiel ihm ein und entdeckte dann doch einen Makel an dem Gebäude: Die Farbe. Ein grelles

Orange, das so gar nicht in das Bild der umliegenden Gebäude passen wollte und ihm zugleich in den Augen schmerzte.

»Was ist der Mann? Professor für … irgendwas? Ehrlich, dafür setze ich mich auch noch einmal freiwillig auf die Schulbank.«

»Was willst du mit so einem großen Haus? Oder hast du vergessen, dass du Single bist?«

Nein, das hatte er nicht vergessen, aber er hatte eine Idee, wie er diesen Zustand ändern konnte – und vor allem, mit wem. Wenn diejenige nur endlich mit ihm reden würde. Nicht über das Berufliche. Privat, bei einer Tasse Kaffee im Resis. Dann würde sie schon merken, dass er nicht der Windhund war, für den ihn alle hielten.

»Herr Griso, schlucken Sie bitte Ihren Speichel herunter, bevor Sie richtig zu sabbern anfangen, und steigen Sie aus. Ich möchte nicht den ganzen Tag im Auto verbringen.«

Christian löste sich schwermütig aus seiner Fantasie der heilen Welt und folgte der Aufforderung. »Ja, ja, frei nach dem Motto: Sie müssen nicht bescheuert sein, um hier zu arbeiten. Aber es hilft ungemein, gelle?«

Entweder hörte Borgi ihn nicht oder wollte es nicht, denn er schwieg nach wie vor. Nur das Klacken ihrer Schuhsohlen auf dem Asphalt und das Zwitschern der Vögel durchbrach die Stille.

Offenbar war Arnolds gute Stimmung nach dem Schrecken mit dem Radler gewichen und machte ihn wieder zu dem Mann, der er in den letzten zwei Jahren geworden war: Mürrisch und verbissen.

Sie passierten das offenstehende Gartentor, ließen einen Weg von der Länge zweier Stretchlimousinen hinter sich und stiegen die fünf Stufen zur Haustür hinauf. Noch bevor er die Schwelle zwischen den Windfängen betrat, streckte Arnold den Finger nach der Klingel aus. Ein leises, melodisches Läuten war zu vernehmen, dann hielt wieder die Stille Einzug.

Minuten vergingen, in denen sie nebeneinander vor der Tür standen, bis sie von innen endlich Schritte vernahmen.

»Ich komme ja schon«, krächzte jemand. »Bitte haben Sie Geduld.«

Geduld war eine Tugend, die Christian nicht besaß. Dennoch blieb ihm wohl nichts anderes übrig, als zu warten. Er schweifte mit dem Blick umher, der an einem weißen Transporter, einem VW T4 mit Schiebetür, hängen blieb. Ein praktisches Vehikel, wenn man größere oder sperrige Dinge zu transportieren hatte. Sperrig wie …

Bevor Christian weiter nachdenken konnte, öffnete sich die Tür. Ein Mann im Trainingsanzug füllte den Rahmen zur Gänze aus. Seine Augen lagen in tiefen Furchen, schauten aber dennoch wachsam umher. »Ja, bitte? Was kann ich für Sie tun?«

»Bitte verzeihen Sie die Störung, Professor Methelen.« Arnold zog seinen Dienstausweis hervor und hielt ihn dem Alten unter die Nase.

Dieser kniff die Lider zusammen.

Wahrscheinlich trug er normalerweise eine Brille – und nickte. »Mordkommission. Womit habe ich diese Ehre verdient?«

»Es geht um eine Ihrer Schülerinnen. Claudia Melzer. Wir haben den Verdacht, dass ihr Ableben nicht ganz freiwillig war.«

»Claudia … ist tot?« Alle Farbe wich aus dem Gesicht des Professors.

Christian stockte. Das kam zu schnell. Viel zu schnell. Dieser Professor hatte sicherlich an die hunderte Schüler und wusste sofort, wen er meinte? Etwas stimmte ganz und gar nicht, auch wenn der Professor sichtlich nach Fassung rang.

Er trat zur Seite und bat sie hinein. »Bitte entschuldigen Sie. Ich würde mich nur gern umziehen, dann bin ich für Sie da. Wenn Sie so lange auf mich warten?«

Er verschwand auf den Stufen neben der Eingangstür im Inneren des Hauses. Augenblicke später hörte man von oben eine Tür schlagen.

Arnold und Christian traten ein und blieben, wie angewurzelt, stehen.

Dieser Korridor, den man ohne Frage als Eingangshalle bezeichnen konnte, war überwältigend. Da gab es den marmornen Fußboden, zwei hölzerne Wendeltreppen, die sich, ineinander verdreht, nach oben schlängelten, um auf einer Galerie zu enden. Porträts blickten von den Wänden herab; Büsten aus Sandstein und Marmor säumten den Weg durch den Raum. Orchideen standen in voller Blüte, auch wenn sich Christian nicht erklären konnte, wie sie das ohne direkte Sonneneinstrahlung schafften. Von irgendwoher war das Plätschern von Wasser zu vernehmen. Ein Springbrunnen mitten im Haus? Er hielt den Atem an und drehte sich um die eigene Achse. »Borgi, ich glaube, ich bin im Paradies.«

***

Arnold lächelte, als er seinen Freund beobachtete, dem wortwörtlich der Mund offen stand. So etwas in einem privaten Haushalt vorzufinden, überraschte ihn ebenfalls.

Langsam, bedacht, nichts zu zerstören, ging er auf eine der Büsten zu, blieb vor ihr stehen und betrachtete deren leeren Augen. Dieser Mann, den sie darstellen sollte, war kunstvoll gefertigt. Er konnte jedes einzelne Haar erkennen. Beinahe war Arnold versucht, ihm über das Haupt zu streichen, um zu sehen, dass vor ihm nicht ein echter Schädel stand.

»Johann Gottfried von Herder. Geboren am 24. August 1744 und gestorben am 18. Dezember 1803 hier in Weimar. Ein großer Mann seiner Zeit. Und heute noch genau so bedeutend wie damals.« Professor Wolfgang Methelen kam eine der Wendeltreppen herunter, die Hand zum besseren Halt auf den Lauf gelegt. Ansonsten erinnerte nichts mehr an den Greis von vorhin, dessen Haar wirr in der Stirn gehangen hatte. »Bitte entschuldigen Sie mein voriges Auftreten und auch, dass ich Sie so lange habe warten lassen. Auf Besuch an diesem Morgen war ich nicht eingestellt.« Seine Stimme nahm einen festen Klang an.

Konnte sich ein Mensch binnen weniger Minuten so wandeln? Es schien Arnold unmöglich und dennoch stand das lebendige Beispiel vor ihm.

»Ich möchte Sie bitten, mir bei einer Tasse Kaffee auf der Terrasse Gesellschaft zu leisten. In meinem Alter ist man gern an der frischen Luft. Eingesperrt in einem Kasten, wenn auch kleiner als dieses Haus, werde ich noch lange genug sein. Ich kann den Gedanken nicht ertragen, lebendig begraben zu sein.« Er lächelte und entblößte damit sein strahlend weißes Gebiss.

Arnold hoffte inständig, dass es künstlich war, denn so perfekt konnte wirklich kein Mensch sein. Er folgte dem Professor und fühlte sich mit jedem Schritt kleiner, den er hinter ihm herlief. Über die Schulter warf er einen Blick zu Christian, dem es ähnlich zu ergehen schien und sich sichtlich unwohl unter den Bildnissen der Urahnen fühlen musste.

Dieser blickte nach links und rechts und zog den Kopf tief zwischen die Schulterblätter, wie ein geprügelter Hund. Verständlich. Ihm selbst erging es nicht anders. Hatte er doch das Gefühl, die Augen der Personen würden ihnen folgen und sie beobachten. Unheimlich.

Erst, als sie die gläserne Tür zur Terrasse erreichten und der Sonnenschein hineinfiel, wagte Arnold, durchzuatmen. Der Gang durch diesen Korridor war ihm länger vorgekommen, als er in Wirklichkeit sein konnte.

Und noch etwas erschien ihm seltsam: Die Männer auf den Bildern ähnelten sich auf verblüffende Weise. Er erkundigte sich bei Professor Methelen danach.

»Sie besitzen eine gute Beobachtungsgabe, junger Mann. Aber die müssen Sie als Polizeibeamter auch haben.«

Er spürte, wie ihm die Hitze in die Wangen schoss, und war froh, in diesem Moment in keinen Spiegel blicken zu müssen. Vermutlich würde er vor Scham im Boden versinken. Dieser Herr war außerordentlich freundlich und er selbst vergaß in Anbetracht der Situation die simpelste Höflichkeitsform! »Bitte entschuldigen Sie. Wir haben uns noch gar nicht vorgestellt.« Er reichte dem Gelehrten die Hand und war über dessen festen Druck erstaunt. »Mein Name ist Arnold Borge und das ist mein Kollege Christian Griso.«

Nun tat auch Christian endlich dergleichen, trat einen Schritt vor und bot ihm ebenfalls die Hand dar. »Sehr erfreut, Sie kennenzulernen. Ich bin überwältigt von Ihrem Anwesen. Ich kann …«

»Es freut mich«, unterbrach Professor Wolfgang Methelen den Redeschwall und bot ihnen zwei Plätze in Rattankörben an. Dann rief er: »Lier? Wo steckst du schon wieder? Bitte bringe uns drei Tassen und eine Kanne Kaffee.« Er wandte sich Arnold und Christian zu: »Milch und Zucker?«

Arnold konnte nicht entdecken,

mit wem er sprach. Vielleicht ein Hirngespinst?

»Gern«, antworteten sie im Chor.

Er war gespannt, ob jemand Kaffee brachte. Verrückt sah der Professor nicht aus, aber man konnte nie wissen, was in einem Menschen wirklich vorging. Arnold fröstelte. Dieses Haus wirkte beklemmend auf ihn, raubte ihm die Luft. Dazu der alte Mann - warum fühlte er sich an diesem Ort wie ein kleines Kind? Ein Kind, dem man Angst eingejagt hatte? Das eine Strafe erwartete, für etwas, das es nicht getan hatte? Doch er durfte nicht vergessen, weshalb sie hier waren und musste einen klaren Kopf behalten.

»Bitte mit allem Drum und Dran«, rief Methelen wieder und wandte sich an die Kommissare. »Sie beide verstehen sich ausgezeichnet, vermute ich.«

»Wir arbeiten schon etliche Jahre zusammen«, gab Christian preis und lehnte sich in dem Stuhl zurück.

Wahrscheinlich unterscheiden wir uns nicht sehr von einem alten Ehepaar, überlegte Arnold und wusste nicht, ob er diese Feststellung belustigend oder eher angsteinflößend finden sollte.

»Das ist sehr löblich. Gerade in der heutigen Zeit, wo alles so sprunghaft vonstattengeht, ist ein wenig Beständigkeit ein wahrer Segen. Sie fragten nach den Bildern«, wechselte er abrupt das Thema, wandte sich Arnold zu und zog eine Packung Zigaretten aus seiner Hemdtasche hervor. Methelen bot ihnen eine an, doch sie lehnten dankend ab.

»Mein Arzt sagt zwar immer, ich solle aufhören, aber ich bin der Meinung, geräuchertes Fleisch hält länger.« Wie zur Bestätigung seiner eigenen Aussage gab er ein trokkenes Husten von sich, das Arnold sofort an Lungenkrebs erinnerte. Sein Onkel war in jungen Jahren daran gestorben. Niemals vergaß er die letzten Tage in dessen Leben, in denen er dahinvegetierte, wie ein angefahrenes Kaninchen auf der Straße im Hochsommer.

Er schüttelte die Erinnerung von

sich, die an diesem Ort nichts zu suchen hatte.

»Die Bilder, ja. Sie zeigen tatsächlich alle ein und denselben Mann. Natürlich von verschiedenen Künstlern gezeichnet und jeder von ihnen brachte noch seine eigene Note mit hinein. Aber im Grunde ist es ein und derselbe Mann.«

»Herder«, mutmaßte Arnold.

»Sie haben aufgepasst.« Methelen stieß ein Rauchkringel aus und sah ihm nach, bis es sich in der Luft auflöste. »Er war eine interessante Persönlichkeit. Haben Sie gewusst, dass er Mitglied der Freimaurer war? Eine noch interessantere Geschichte, die Sie aber wahrscheinlich nicht interessiert.«

Arnold lächelte entschuldigend. »Ein anderes Mal gern. Wir sind heute nicht wegen Herrn Herder bei Ihnen, sondern wegen Claudia Melzer.« *Oder irre ich mich da?*, fügte er in Gedanken hinzu.

Ein junger Mann stolperte aus der Terrassentür, balancierte dabei ein Tablett vor sich her, das viel zu groß für seinen schmächtigen Körperbau schien.

»Pass bitte auf, Lier«, mahnte der Professor.

Arnold rechnete damit, dass unter dessen Gewicht jeden Augenblick die dürren Ärmchen wegbrechen müssten, doch Lier hielt sich tapfer und stellte die Getränke, ohne etwas zu verschütten, auf dem Tisch ab. Dann reichte er jedem eine gefüllte Tasse und zog sich zurück.

»Ein guter Junge. Kommt aus einem schlechten Elternhaus. Vater drogensüchtig und die Mutter Alkoholikerin. Soweit ich weiß, sind sie noch nicht einmal seine richtigen Eltern. Kann einem wirklich Leid tun. Dennoch muss ich sagen, dass er trotz allem, was er durchmachte, eine Menge Verstand besitzt.« Methelen tippte sich mit dem Zeigefinger gegen die Schläfe. »Bemerkenswert. Er wird es einmal zu etwas bringen, da bin ich mir sicher. In zwei Monaten wird er volljährig.«

Arnold schaute zur Tür, durch die der Junge verschwunden war. So alt hätte er ihn nicht geschätzt. Es gab da zwar diese winzigen Bartstoppeln in dem von Aknenarben zerfurchten Gesicht, aber er wirkte dennoch deutlich jünger, beinahe noch wie ein Kind.

»Ich weiß, es ist unglaublich. Für mich bleibt er immer ein Kind. Ich nahm ihn vor zwei Jahren bei mir auf, als meine Frau schwer erkrankte. Er sollte mir ein wenig zur Hand gehen und – ich gebe es zu – mir die Langeweile zu vertreiben. Das schafft Lier. Am Anfang ging er noch jeden Abend nach Hause zu seinen Pflegeeltern. Irgendwann blieb er einfach da. Nicht, dass ich etwas dagegen gehabt hätte. Im Gegenteil. Das Haus wirkte verlassen, wenn er ging. Ich richtete ihm ein Zimmer ein und nun lebt er hier. Seine ›Eltern‹ haben nie nach ihm gefragt. Zumindest nicht, dass ich davon wüsste. Wahrscheinlich kassieren sie weiterhin das Geld für ihn und sind damit zufrieden.« Er ließ die Schultern hängen. »Armer Kerl. Sitten sind das heutzutage. Aber Sie sprachen von Claudia Melzer?« Methelens Miene verfinsterte sich. »Sie ist tot. Ermordet, nehme ich an? Sonst wären Sie nicht hier.«

Arnold sah von seiner Tasse auf, überrascht über die offene Art des Professors. Natürlich konnte jeder halbwegs klar denkende Mensch kombinieren, dass sie ihn nicht wegen seines Unterrichts verhören wollten. Aber dass er die Tatsache direkt ansprach, verwunderte ihn. Er beschloss, ohne Umschweife das Thema aufzugreifen. Vielleicht verriet sich Methelen mit einer unbedachten Bemerkung selbst?

»Genau. Man fand ihren Leichnam; erhangen im Belvedere. Dazu ein Schreiben. Erkennen Sie es wieder?« Arnold reichte ihm eine Kopie des Briefes, denn man bei Claudia gefunden hatte.

Wolfgang Methelen zog aus der anderen Brusttasche eine Brille hervor und begann zu lesen. »Wiedererkennen kann ich den Brief natürlich nicht«, erklärte er, während er ihn Arnold zurückgab. »Immerhin bin ich nicht der Verfasser. Aber dieses Gedicht kenne ich. Es ist von Herder, Träume der Jugend. Ein schönes Werk.«

»Ist es sehr bekannt?«

Methelen nahm die Brille ab und faltete die Hände im Schoss. »Nun, ob bekannt oder nicht, lässt sich so leicht nicht beantworten. Kaum einer weiß Bescheid über Herder. Erst recht nicht, wenn man an Weimar denkt. Goethe und Schiller sind die geläufigeren Namen dieser Epoche. Doch beschäftigt man sich ein wenig mit ihm, so bin ich mir sicher, dass einem auch dieses Gedicht unterkommt.«

»Halten Sie es für möglich, dass sich eine Person für ihn ausgibt und in seinem Namen mordet?«, versuchte er zu provozieren.

»Herr Borge, leider kann ich nicht in die Seelen der Menschen blicken. Das würde vieles vereinfachen, nicht wahr? Ich vermag mir nicht vorzustellen, dass jemand mit einem gesunden Menschenverstand so etwas anrichtet. Aber ein krankes Hirn soll ja bekanntlich zu manch Grausamkeit fähig sein. Also vermute ich, dass es irgendwer tun könnte. Rein hypothetisch natürlich. Auch wenn der alte Herder kein Mörder ist oder war.« Der Gelehrte leerte seine Tasse mit einem Zug und schenkte sich nach. »Mein lieber Freund, Johann Gottfried, sagte einmal zu mir: ›Es ist ein Zunder in uns, der funken will.‹ Dabei lehnte er sich zurück, lächelte und steckte sich eine Zigarette an.« Der Professor tat es dem, den er da beschrieb, gleich; lehnte sich an seinen Stuhl und inhalierte den blauen Dunst seiner Zigarette.

»Entschuldigen Sie bitte«, fragte Christian nach Sekunden des Schweigens. »Sie sprechen von dem Dichter Herder, als wäre er ihr Freund.«

»In gewisser Weise ist er das«, erklärte der Professor geheimnisvoll und drückte seinen Glimmstängel aus. »Er ist es noch immer.«

War der Professor verrückt? Arnold tauschte einen Blick mit seinem Partner, der sich offensichtlich dieselbe Frage stellte.

Doch bevor er sich nach den genauen Umständen erkundigen konnte, sprach Methelen weiter: »Aber Sie sind nicht gekommen, um sich die Geschichten eines alten Mannes anzuhören, der nicht mehr Aufregung in seinem Leben hat, als drei Stunden in der Woche zu unterrichten. Und seine Frau zu pflegen, die an das Bett gefesselt ist. Nein, Sie sind gekommen, weil Sie etwas über den Tod von Claudia Melzer wissen wollen.«

Arnold rutschte auf seinem Rattansessel ein Stück nach vorn, ohne ihn aus den Augen zu lassen. Hatte er richtig gehört? Kannte der Alte Einzelheiten zu dem Mord an der Studentin? Konnte er sogar …? Konnte dieser Mann gefährlich sein und ein Mädchen wie Claudia umbringen? Sie an einen Baum aufknüpfen? Von der Statur her mochte Methelen durchaus dazu in der Lage sein. Er war nicht allzu groß, etwas kleiner noch als Christian. Dafür trug er einiges an Leibesfülle zu viel mit sich herum. Auf der anderen Seite war er nicht mehr der Jüngste und die Frau hatte sich gewehrt. Hatte er sie so lange festhalten können?

Er versuchte, sich Methelen in eben jener Situation vorzustellen, aber es wollte ihm nicht gelingen. Das musste nicht zwangsläufig etwas bedeuten. Er kannte andere Menschen, deren wahres Gesicht hinter einer Maske verborgen lag. Und hinter deren Maske sich eine weitere befand. Dahinter noch eine und noch eine ... Arnold bemerkte wie er abdriftete und rief sich zur Disziplin.

»Was wissen Sie über den Mord an Claudia Melzer?«, erkundigte er sich und warf Chris einen warnenden Blick zu.

Dieser schien verstanden zu haben und blinzelte wie zufällig.

Die Antwort des Professors war ernüchternd: »Nichts.«

»Nichts?«, hakte Christian nach und alle Farbe wich aus seinem Gesicht. Auch er hatte sicher insgeheim gehofft, den Mörder vor sich sitzen zu haben. Doch nur, weil der Professor nichts preisgab, hieß das noch lange nicht, dass er nichts darüber wusste - oder nicht doch der Mörder war. Etwas in ihm schrie danach, Methelen genauer zu beobachten. Dieser Mann lebte in der Vergangenheit und vermischte sie mit dem Jetzt. Vielleicht dachte er auch, er habe nichts getan? Eine gespaltene Persönlichkeit?

»Gar nichts.« Methelen nickte bestätigend und zündete sich eine neue Zigarette an.

Wenn er so weiter rauchte, kann er bald die Radieschen von unten studieren, bemerkte Arnold, verkniff sich aber eine entsprechende Bemerkung. Es ging ihn nichts an, wenn sich dieser Mann zu Tode räucherte.

»Ich wusste noch nicht einmal, dass sie verstorben ist.«

»Herr Professor Methelen, es tut mir leid, dass ich Sie fragen muss – aber wo waren Sie vorgestern Nacht zwischen 22 Uhr und 2 Uhr?«

»Sie verdächtigen mich?« Er brach in schallendes Gelächter aus, klopfte sich auf den Oberschenkel und ließ dabei seinen Glimmstängel fallen.

Dann wischte er sich die Tränen aus den Augen.

»Was ist daran so lustig?«, fragte Christian mit scharfem Ton.

»Gar nichts. Nichts. Ich war bei meiner Frau.« Nur stockend kam er wieder zu Atem und griff sogleich nach seiner Zigarette, um sie aufzuheben. »Bei meiner Frau. Ja. Ich kann sie in der Nacht nicht alleine lassen. Sie wird an ein Beatmungsgerät angeschlossen und dabei ständig überwacht. Eine Krankenschwester wollen wir uns nicht ins Haus holen. Fremde Menschen in unseren Räumen. Nein, das ginge zu weit. Ich passe gut auf sie auf, schließlich bin ich ihr Mann. In Guten wie in schlechten Zeiten … Das haben wir uns einst geschworen.«

***

»Was hältst du von seiner Geschichte?« Christian zog aus der Hosentasche seine eigene Packung Zigaretten hervor und steckte sich eine an. Es gehörte sich nicht, vor

Zeugen – oder sogar Mordverdächtigen – seine Schwächen zu zeigen, das hatte er früh lernen müssen. Er kickte einen Sandstein davon, der auf diesem sonst so sauberen Weg fehl am Platze wirkte, und blieb neben Arnold stehen.

»Ich bin mir nicht sicher.« Borgi fuhr sich durch seinen Drei-Tage-Bart und blickte zu dem Haus zurück, aus dem sie gerade kamen.

Auch Christian drehte sich herum und sah, dass der Professor sie aus einem Fenster beobachtete.

»Seine Geschichte hörte sich schon etwas merkwürdig an. Ich weiß nicht, ob wir ihm trauen können.«

»Borgi, der redet von dem Herder, als wäre er noch am Leben. Als hätten sie gestern Abend zusammen ein Bierchen getrunken und dabei geschwafelt. Der Typ ist seit über 200 Jahren tot! Die Sache mit seiner Frau glaube ich auch nicht. Okay, vielleicht ist sie ein Pflegefall, aber für die Überwachung, da hätte er diesen schlaksigen Kerl … wie hieß der doch gleich?«

»Lier Breda.«

Christian nickte. »... diesen Jungen abstellen können, gelle? Nein, ich befürchte, wir müssen den Herrn etwas sorgfältiger im Auge behalten.«

Arnold klopfte ihm auf die Schulter, bevor er in den Wagen stieg. »Ganz meiner Meinung.«

Kapitel 10
-
Herzklopfen, die Bibliothek und ein Zettel

Er atmete tief durch, zählte bis zehn und wiederholte das Ganze noch drei Mal. Es war knapp gewesen; fast schon zu knapp. Doch jetzt würde er nicht mehr aufhören. Sein Plan war perfekt und diese beiden Möchtegern-Kommissare konnten ihn nicht aufhalten. Wenigstens wusste er nun, wie sie hießen. Das machte die ganze Sache noch interessanter.

Er stieß sich von der Wand ab, gegen die er lehnte, und betrachtete das Beet vor der Villa, dessen Blumen einen betörenden Duft verströmten. Liebreizend. Ein Wohlgeruch, wie er ihn sich bei seiner Mutter vorgestellt hatte. Wenn er jemals eine gehabt hätte.

Er schüttelte den Gedanken von sich. Es war zu lange her, er war zu alt, zu viel war geschehen, als dass er jetzt noch darüber trauern konnte.

Es verlor seine Bedeutung Tag für Tag mehr.

Er wartete, bis der Mazda der Beamten wegfuhr, dann ging er hinein in die Bibliothek. Zwei Opfer fehlten – nur noch zwei – und sein Werk war vollbracht. Hoffentlich fand man bald das Mädchen im Park, erst dann konnte er seinen Plan fortsetzen. Und diese dummen Kommissare folgten seiner Spur, als würde sie aus Brotkrumen bestehen und sie stellten die hungrigen Tauben dar.

Er zog das Buch mit den Gedichten hervor, fühlte, wie die Seiten in all den Jahren dünner geworden waren, und schlug es schließlich an einer Stelle auf, die er mit einem Lesezeichen markiert hatte. Zufrieden seufzte er und begann, die Zeilen auf einen Notizzettel zu übertragen.

Kapitel 11
-
Das alte Mütterchen auf der Bank und viele Fragen

»Ich glaube, dein Telefon klingelt.«

Christian sah aus dem Fenster und versuchte noch immer, die Morde mit dem Professor in Verbindung zu bringen. Wenn er ehrlich zu sich war, wollte er keine finden, denn der alte Mann war ihm sympathisch. Aber genau das alles deutete perfiderweise darauf hin, dass er der Täter war. Es fehlten nur die Beweise. Früher oder später …

»Dein Telefon, Herr Griso«, wurde wiederholt und er riss den Blick von den vorbeirauschenden Häusern.

»Was sagst du?« Das schrille Dudeln des Telefons konnte man nicht überhören – und trotzdem hatte er es geschafft. »Ach so, ja.« Er griff in die Ablage der Mittelkonsole und zog sein Handy hervor. »Es ist Jeanette«, stellte Christian verwundert fest und nahm ab. »Hallo? Was kann ich …«

Er verstummte, als Jeanette zu berichten begann.

Eine Neuigkeit, sagte man, war besser als keine. In diesem Fall vermochte er nicht zuzustimmen. »Okay, wir fahren hin«, murmelte er, als sie zum Ende kam. Christian seufzte und steckte das Handy in seine Hosentasche. »Borgi, der Feierabend muss noch etwas warten. Es tut mir leid.« Er sah auf die Uhr und stellte fest, dass es erst kurz vor Mittag war.

»Was gibt es?«

»Herr Herder hat wieder zugeschlagen.«

***

Sie lag am Rande der Ilm. Blaue Lippen schienen Arnold Borge Vorwürfe zuzumurmeln, ihre starrten Pupillen sahen anklagend zu ihm hoch. Warum hatten sie den Täter nicht geschnappt, bevor dies geschehen konnte? Warum musste sie sterben? Fast noch ein Kind; die ganze Zukunft lag vor ihr - davongeschwemmt von den Fluten der Ilm. Eine Zukunft, die ihr die Vergangenheit geraubt hatte.

Ihre leblosen, aufgequollenen Augen starrten weiterhin zu ihm hinauf. Ein kühler Wind wehte hier im Tal, doch das allein ließ ihn nicht frösteln. Warum schloss ihr niemand die Augen?

»Ist schon in Ordnung«, flüsterte Alina Votice und schloss die Lider der Toten. »Sie muss eine Weile mit dem Kopf im Wasser gelegen haben.«

»Warum … warum fand man sie nicht eher?« Arnold kämpfte mit seinem Frühstück, das sich einen Weg nach oben bahnen wollte. »Wie konnte das überhaupt passieren? Das hier ist ein Weg, auf dem fast jeder Besucher des Parks entlangläuft. Wieso also hat sie niemand gefunden?« Er schluckte noch einmal die bittere Galle herunter und war sicher, den Kampf zu gewinnen. Beherzt trat er einen Schritt näher, ließ sich neben Alina in die Hocke nieder.

»Ich befürchte, zwischen dem Gestrüpp wird sie keiner wahrgenommen haben. Und wenn doch, dann dachte derjenige vielleicht, sie würde sich erleichtern.« Die Gerichtsmedizinerin deutete auf die Büsche. »Ich weiß es nicht. Ich vermute, dass sie ertrunken ist. Genau kann ich es dir sagen, wenn ich Wasser in ihren Lungen finde. Sicher bin ich mir nur, dass sie es nicht freiwillig tat. Darauf schließen die Würgemale in ihrem Nacken.«

Arnold schaute von der Toten auf die Ilm und folgte deren Verlauf mit seinen Blicken, bis sie um eine Biegung verschwand. Seine Gedanken kreisten um den Professor. Würde er es schaffen, eine junge starke Frau lange genug unter Wasser zu drücken? Doch wenn er sich an seine kräftigen Hände erinnerte, kam ihm diese Frage schon beinahe lächerlich vor. Sie hatten dem Mörder gegenüber gesessen, mit ihm Tee getrunken, als wäre nie etwas geschehen! Er ballte die Hände zu Fäusten. Verdammt! Er musste einen

Beweis finden. Nur irgendeinen. Dieses Mädchen sollte und musste das letzte sein, dass sich dieser verrückte Professor geschnappt hatte.

»Borgi, alles gut?« Alina berührte ihn an der Schulter. Ein Stromstoß durchfuhr seine Knochen. Doch war dies einer der denkbarsten ungünstigsten Zeitpunkte überhaupt. *Nein,* schrie er in Gedanken, *dieses Mädchen ist tot und ich liebe dich! Nichts ist in Ordnung!* Nicht eines dieser Worte drang über seine Lippen.

»Ich lasse sie gleich abtransportieren«, sprach Alina weiter, als er nicht antwortete. »Die SpuSi ist gleich fertig und dann schaffe ich es bis zum Abendessen noch mit der Obduktion.«

Alina war eine wunderschöne Frau, aber wie sie von ihrem Klientel sprach, jagte ihm einen Schauer ein. Er versuchte sich vorzustellen, wie sie die Toten aufschnitt, ihre Organe entnahm, mit Blut besudelt von den Händen bis zu den Ellenbogen und nach getaner Arbeit alles wieder hübsch verpackte. Eine grausige

Vorstellung, gestand er sich ein. Eine, mit der er wahrscheinlich nicht leben könnte. Warum war sie nicht Tierärztin oder arbeitete in einem frauentypischen Beruf? Etwas mit lebenden Menschen. Seinetwegen auch einen Bürojob. Aber musste sie ausgerechnet Gerichtsmedizinerin sein?

»Wer fand sie?«, hörte er Christian fragen und war dankbar für die Ablenkung aus seinen düsteren und beängstigenden Gedanken.

Langsam sah er auf. Alina stand vor ihm, nicht länger wie ein Engel der Finsternis, sondern wie die Frau, in die er sich … Er verbiss sich das letzte Wort. Es war nicht rechtens, so zu denken. Nicht hier, nicht neben diesem Mädchen, das seine wahre Liebe niemals finden würde.

»Eine ältere Dame. Sie sitzt gleich da drüben.« Alina deckte die Leiche mit einem weißen Tuch ab und zog die Handschuhe aus.

»Ich danke dir.«

Noch bevor Arnold einen weiteren Gedanken fassen konnte, fühlte er sich von Chris beim Arm genommen und mitgezogen.

Ein Sonnenstrahl durchbrach die Wolkendecke und brachte Alinas Haare zum Leuchten. Dann war sie auch schon aus seinem Blickfeld verschwunden. Dafür erkannte er das Mütterchen, das, auf einen Stock gekrümmt, auf der Bank saß und die Arbeit der Beamten mit ruhigen Blicken verfolgte.

»Guten Tag.« Arnold fand endlich seine Stimme wieder, als er vor ihr stand. »Mein Name ist Arnold Borge und das ist mein Partner, Christian Griso.« Er zog seinen Dienstausweis hervor, doch die Alte starrte durch ihn hindurch, hinüber zu der Toten.

»Wir sind …«

»Von der Mordkommission, ich weiß«, sagte sie mit krächzender Stimme. »Dass man so etwas auf seine alten Tage noch erleben muss. Ich habe so vieles gesehen, so viel Leid, so viel unnützes Töten. Zwei Weltkriege habe ich überstanden …«

Arnold rechnete rasch zurück. Wenn das stimmte, was sie

berichtete, musste sie an die einhundert Jahre sein. Er fuhr sich durch das Haar und kauerte vor ihr nieder. Eines ihrer Augen blickte ihn trüb an, das andere starrte an ihm vorbei, als würde es in eine fremde, weit entfernte Welt schauen.

»… und doch habe ich so etwas Sinnloses noch nicht erlebt. Sie müssen wissen, ich arbeitete, als der Zweite Weltkrieg ausbrach, auf einem Bauernhof. Bis auf die vielen Flugzeuge habe ich nichts davon mitbekommen«, erklärte sie, als müsse sie sich dafür entschuldigen, dass sie überlebt hatte. »Bei dem Ersten Weltkrieg war ich zu jung, als das ich mich erinnern könnte. Vielleicht könnte ich das, wenn ich wollte. Aber meine Mutter pflegte immer zu sagen: ›Man soll die Vergangenheit hinter sich bringen.‹ So habe ich es bis heute gehalten und sehe nicht zurück. Es bringt ja doch nichts.«

»Frau …«

»Lisbeth Elsner.« Jetzt sah und lächelte sie Arnold zum ersten Mal wirklich an und streckte eine Hand nach ihm aus.

Sie zitterte, als er sie ergriff. Dünn war ihre Haut, die Äderchen gut zu erkennen. Beinahe fürchtete er, dass sie reißen konnte, wenn er ihren Händedruck zu schroff erwiderte. »Sie haben die … Tote … entdeckt?«

Einen Augenblick lang starrte sie wieder zu dem verhüllten Körper hinüber. »Ich habe sie gefunden. Richtig. Ich lief meine Vormittagsrunde. Wenn man alt ist, muss man sich einfach jeden Tag bewegen, sonst rosten die Gelenke, wissen Sie?« Wie um dies zu demonstrieren, fing sie an, die Beine abwechselnd anzuwinkeln und auszustrecken. »Aber ich schweife ab. Also, ich bin, wie jeden Vormittag, gegen zehn Uhr an der Ilm entlanggegangen. Ich setzte mich auf diese Bank, um die Enten zu füttern. Ja, ja, das soll man nicht, ich weiß. Aber das spielt jetzt wohl keine Rolle. Von hier hat man einen guten Blick, wissen Sie? Und ich mag Weiden so gern. Die Bäume, nicht die großen Grasflächen, wo die

Kühe stehen. Das ist so unnatürlich, wissen Sie? Jedenfalls da drüben« Sie streckte den knochigen Zeigefinger aus. »steht gleich eine. So wie ich an Ort und Stelle saß, bemerkte ich etwas, das überhaupt nicht in das Gestrüpp passte. Zuerst glaubte ich, dass meine Augen mir einen Streich spielten. Aber als ich genauer hinsah, erkannte ich, dass sie doch recht hatten. Es waren bunte Kleidungsstücke. Solche, wie sie die jungen Leute heute tragen. Ich wagte mich ein Stück nach vorn, bis zum Rand des Weges. Weiter nicht. Der Boden ist so uneben und ich stürze so leicht, wissen Sie? Und die Knochen heilen auch nicht mehr so gut. Ich kam nahe genug heran, um das Mädchen liegen zu sehen. Ich rief sofort um Hilfe, aber es war wohl schon zu spät. Wäre ich nur ein paar Minuten eher hier vorbei gekommen, dann würde sie vielleicht noch leben. Es tut mir so leid.« Sie wechselte den Stock von einer Hand in die andere und fuhr sich über das Gesicht. »Es tut mir wirklich leid. Vielleicht hätte ich sie aus dem Wasser ziehen und wiederbeleben sollen, so, wie man es im Fernsehen sieht?«

Arnold schüttelte den Kopf. Wie sollte diese zierliche Frau das auch fertigbringen? Es wäre unmöglich gewesen. Bei dem Versuch wäre sie aller Wahrscheinlichkeit nach selbst ertrunken.

Er legte seine Hand auf ihre, sah ihr in die Augen. Sie durfte sich keine Vorwürfe machen. Schuld an dem Ganzen trug allein dieser verfluchte Mörder. »Sie war schon längere Zeit tot«, versuchte er sie zu beruhigen. »Sie hätten sie nicht wiederbeleben können. Es war einfach zu spät.«

»Ja, zu spät«, flüsterte das Mütterchen, griff in die Handtasche, die neben ihr auf der Bank stand, und holte einige Brotkrumen hervor. Sie warf diese in die Ilm, obwohl keine einzige Ente zu sehen war.

»Frau Elsner«, sagte Christian und setzte sich neben sie. »Selbst wenn das Mädchen wahrscheinlich schon längere Zeit tot war …«

Arnold warf ihm einen bösen Blick

zu, aber sein Partner sah nicht einmal in seine Richtung. *Dieses kleine Wörtchen ›wahrscheinlich‹ konnte die Dame aufregen. Wahrscheinlich schon länger tot … Wahrscheinlich lebte sie noch. Wie wahrscheinlich war das? Oh Christian, du willst ihr doch keinen Herzinfarkt beibringen, sie womöglich damit umbringen?*

Christian schien endlich seinen stummen Vorwurf bemerkt zu haben - ein Fall von Telekinese?, überlegte Arnold einen Moment lang und beobachtete ihn, wie er seine Frage erneut stellte: »Frau Elsner, auch wenn das Mädchen bereits tot war, haben Sie irgendetwas gesehen, das auf einen Täter hingewiesen hätte? Einen Mann oder eine Frau? Jemand, der sich auffällig verhielt?«

Man sah ihr an, wie sie nachdachte. Ihre faltige Stirn zeigte plötzlich noch mehr Falten, doch dann schüttelte sie den Kopf. »Es tut mir leid. Ich war alleine hier, als ich die Frau fand. Erst, nachdem ich um Hilfe rief, kamen zwei Männer angelaufen.«

»Sind diese Männer noch hier?«,

erkundigte sich Arnold, der aber schon wusste, dass ihn dieser Hinweis nicht weiterbringen würde.

»Ja. Nein. Einer von ihnen. Der, der mit seinem schnurrlosen Telefon bei Ihnen angerufen hat, ist noch da.« Sie zeigte auf einen Herrn, der neben der Absperrung stand und gleichgültig dreinblickte. Seinen Bauhelm ließ er von einer Hand in die andere wandern. »Ich glaube, er gehört zu den Baumännern, die die Belvederer Allee flicken. Schrecklich ist das, wissen Sie? Statt dass die mal die ganze Straße reparieren würden … Nein, immer werden nur die Schlaglöcher ausgebessert, was die Strecke noch holpriger macht. Das schmerzt ziemlich, wenn man mit dem Autobus darüber fährt. Sie sind doch von der Polizei. Können Sie da nicht etwas dagegen tun?«

»Leider nein. Glauben Sie mir, wenn ich das könnte, dann hätte ich das schon lange erledigt.« Arnold lächelte müde. Er selbst hatte sich oft genug über die Flickarbeiten aufgeregt, doch mehr als einen erhöhten

Blutdruck hatte es ihm nicht gebracht. »Und der andere Mann?«

»Oh.« Sie kratzte sich an der Schläfe und suchte mit Blicken die immer größer werdende Zuschauermenge ab. »Der ist gleich davongeeilt, als der junge Herr da bei Ihnen anrief.«

»Können Sie sich daran erinnern, wie er aussah?«, fragte Christian, der offenbar eine Spur witterte.

»Ja. Er war jünger als ich. Ich weiß, das ist nicht schwer.« Sie lachte. »Aber so jung war er auch nicht mehr. Vielleicht Mitte, Ende sechzig? Er war kleiner als Sie.« Frau Elsner betrachtete Christian vom Kopf bis zum Fuß. »Etwas kleiner.«

Arnold bemerkte, wie Röte in die Wangen seines Partners kroch, und verkniff sich das Lachen.

»Dafür war er dick. Ja, er hatte einen gut gepflegten Bauch, würde ich sagen. Und er trug vornehme Kleidung. Einen Anzug mit Krawatte. Guter Stoff. Er sah mir aus, als wäre er ein Mann von Welt. Jemand Wichtiges.« Sie erhob bedeutend den Zeigefinger.

»Wie ein Professor?«, fragte Christian ohne Umschweife.

Lisbeth Elsner nickte so heftig, dass Arnold befürchtete, ihr dürrer Nacken würde jeden Moment brechen. »Das wäre möglich. Habe ich Ihnen jetzt geholfen?«

***

»Ach, Jungs.« Jeanette brachte ihnen zwei Becher mit Kaffee, stellte einen davon auf Arnolds Schreibtisch und setzte sich auf die Kante von Christians – mit der Tasse in der Hand. Sie nippte daran, verzog das Gesicht und reichte sie dem Kommissar.

Jeder, der nicht blind war, musste sehen, dass die Herzen der beiden füreinander schlugen. Warum konnten es sie also als Einzige nicht erkennen?

»Ach, Jungs«, wiederholte sie, seufzte und schlug die Beine übereinander, »habt ihr noch immer keine heiße Spur? Ich meine, ihr müsst etwas unternehmen, damit ihr diesen Kerl schnappt.«

Danke, das sitzt. Als ob ich das nicht selbst wüsste! »Wir wissen ja nicht einmal, ob es derselbe Täter ist. Wir haben noch keinen Brief gefunden«, knurrte Arnold und verschluckte sich an seinem Kaffee.

»Aber wir werden diesen Mörder finden und stellen, sei ohne Sorge. Schließlich muss ich … ähm … müssen wir … die hübschen Mädchen dieser Stadt vor diesem Scheusal beschützen. Schöne Mädchen, wie dich«, fügte Christian hinzu und einen Moment lang sah es so aus, als würde Jeanette ihm eine Ohrfeige verpassen wollen.

Doch dann rutschte sie nur von der Schreibtischkante herunter, zog ihren knöchellangen Rock glatt und wandte sich zum Gehen. »Ich brauche keinen Beschützer. Ich kann auf mich selbst aufpassen«, antwortete sie schnippisch und verließ das Büro.

»Christian, Christian.« Arnold schüttelte den Kopf. »Hast du es noch nicht begriffen?«

»Was soll ich begreifen?« Er stellte

seinen Kaffee unangetastet zur Seite und seufzte leise. »Und ich dachte, ich hätte sie endlich so weit, dass sie mit mir ausgeht.«

»Christian, sie will keinen Macho, bei dem sie das Gefühl hat, auf Schritt und Tritt verfolgt zu werden. Sie möchte einen Mann, der sich um sie sorgt, wann sie es will.«

»Das ist doch blöd. Ich würde sie jede Minute umsorgen wollen«, antwortete er verträumt.

»Eben. Und genau das ist der Fehler.«

Kapitel 12
-
Erinnerungen, Mut und die Schönheit

Er hatte sie beobachtet. Er hatte es wahrhaftig getan und war noch einmal an den Tatort zurückgekehrt. Ob sie die Leiche wirklich fanden? Er musste sicher sein, dass es so war.

Es dauerte länger, als geplant. Doch schließlich tauchte dieses Mütterchen auf und schrie den halben Park zusammen. Vielleicht lief sie ihm eines Tages wieder über den Weg. Dann würde er ausprobieren, ob man einem schreienden Menschen die Gurgel umdrehen konnte wie einem Täubchen. Er musste über seine eigene Idee kichern und besann sich auf seinen Wagemut. Wie leicht hätten sie ihn schnappen können? Er stand vor den Nasen der Bullen und sie nutzen ihre Chance nicht; übersahen ihn einfach. Borge und Griso. Wenn sie wüssten, wie nah sie ihm bereits gekommen waren. Dass sie ihn angestarrt hatten! Keine Nacht würden sie ruhig schlafen können, zumindest wünschte er ihnen dies. Sollten sie endlich einmal ihre Gehirnzellen anstrengen und Eins und Eins zusammenzählen.

Aber wahrscheinlich gab es keinerlei Hinweise, weder auf ihn, noch auf die Person, die er verkörperte. Auch wenn ihn Ersteres beruhigte, so sah er in dem zweiten Punkt ein Hindernis. Auf diese Art und Weise kamen sie niemals auf die richtige Spur und seine Arbeit war umsonst. Was konnte er falsch gemacht haben?

Er schlich aus der Dusche hervor und trocknete sich die Haare ab.

Vor dem Spiegel entblößte er seine Zähne, entdeckte etwas Schwarzes dazwischen und buhlte es mit dem Fingernagel heraus. Er musste gut aussehen. So schäbig durfte er niemandem entgegentreten. Auch seiner Mutter nicht. Jene Frau, die ihn weggegeben hatte, als er ein Säugling gewesen war; ein unschuldiger kleiner Junge. Ihr hatte er seine furchtbare Kindheit zu verdanken.

Die Schläge. Die Tage ohne Essen. Wenn er nackt vor die Tür ging, weil er keine Kleidung besaß.

Doch dieses Leben lag längst hinter ihm.

Er musste ordentlich aussehen. Sauber und gepflegt. Er würde ihr keine Vorwürfe machen. Jetzt nicht mehr. Schließlich war es sein Antlitz, das das Letzte sein sollte, was sie in ihrem Leben erblickte.

Vorsorglich putzte er sich zum wiederholten Male die Zähne, rasierte sich und trug etwas Aftershave auf. Dann schlüpfte er in frische Anziehsachen. Eigentlich hatte er noch Zeit. Viel Zeit. Doch die Ungeduld in ihm wuchs mit jeder Minute. Er musste aufpassen, dass er keinen Fehler beging.

Kapitel 13
-
Reifenabdrücke, Zettelchen und Chaos

»Was ist mit dem Gärtner im Belvedere? Ich meine, es geschehen zwei Morde in zwei Parks, innerhalb einer Stadt und nur Minuten voneinander entfernt. Das ist doch das beste Anzeichen dafür, dass es jemand gewesen sein muss, der sich dort auskennt.«

Arnold kaute an einem Bleistift und spuckte das Stück Radiergummi aus, dass er gerade abgebissen hatte. »Daran dachte ich auch schon. Aber ich glaube nicht – bitte verzeih mir dieses Klischee – dass sich ein Gärtner für einen Philosophen hält. Nein, das glaube ich nicht.«

»Es gibt viele Gärtner im Schlosspark und mit Sicherheit noch mal so viele im Park an der Ilm. Wenn wir einen fänden, der in beiden …«

»Christian«, unterbrach Arnold ihn und legte den Stift zur Seite.

»Jeder, der die Parks nur einmal betreten hat, kann diese Orte finden. Zu diesem Zweck muss man dort nicht arbeiten. Mein Verdacht fällt weiterhin auf den Professor. Tut mir leid. Ich weiß nicht, welche Motive er hat, aber bisher passt alles. Und wenn du mal ehrlich zu dir bist: Dir geht es doch genauso.«

»Wir haben nicht ein einziges Beweisstück und keine Indizien gegen ihn«, versuchte Chris zu retten, was nicht mehr zu retten war. Alles sprach für den Professor als Täter. Weshalb also weigerte er sich, an dessen Schuld zu glauben? Sollte es nur an dem fehlenden Beweis liegen, der ihn zweifeln ließ?

»Damit kann ich unter Umständen dienen.« Jeanette schloss die Tür hinter sich und wedelte mit einem Zettel. »Erinnert ihr euch an die Reifenspuren im Belvedere?«

»Konnte die SpuSi jetzt doch welche nehmen? Ich bin begeistert«, antwortete Christian, angelte nach dem Blatt und griff ins Leere.

Jeanette reichte es Arnold und

lächelte Christian an. Diese dämlichen Spielchen zerrten an seinen Nerven. Bei Gelegenheit musste er noch einmal überlegen, ob er unter solchen Umständen überhaupt mit ihr ausgehen wollte. Sie empfand nichts für ihn, das war offensichtlich. Warum also weitere Liebesmühe vergeuden, wenn es da draußen viele andere Frauen gab, deren Herzen erobert werden konnten? *Weil sie eine besondere Frau ist,* gestand er sich ein und lauschte dem Klopfen seines Herzens, das sich in ihrer Gegenwart stets verstärkte.

»Es grenzt an ein kleines Wunder, bei den ganzen Abdrücken dort, aber ja, sie konnten welche nehmen. Und nun stellt euch vor: Das Reifenprofil passt auf einen Volkswagen. Auf einen T4, um genau zu sein.«

»Der T4 des Professors!« Schon bei dessen Anblick überkam ihn dieses seltsame Gefühl. Nun gab es einen Beweis dafür. Der Beweis, dass eben solch ein Fahrzeug am ersten Tatort gewesen war. Er wusste nicht, ob er sich darüber freuen oder bekümmert sein sollte. Christian beschloss, dass es noch Hunderte Fahrzeuge dieser Marke gab und es ein Schritt in die richtige Richtung war, um den Mörder zu fassen und damit vielleicht sogar Jeanette zu beeindrucken. Er sprang auf, eilte um seinen Schreibtisch herum und griff nach seiner Jacke, die neben der Tür hing. Dann umarmte er Jeanette flüchtig und drückte ihr einen Kuss auf die Wangen. »Du bist genial!« Er spürte, wie Hitze in sein Gesicht schoss und den Bruchteil einer Sekunde später, ihre Finger, die sie in seine Hosentasche schob.

Irritiert blickte er sie an, wusste nicht, was er sagen sollte und traute sich nicht, sich zu bewegen. Was erwartete sie von ihm? Dass er sie hier, gleich, in dem Büro verführte? Während Arnold zusah? Er machte ja vieles mit, aber das … Doch ihre Hand verschwand, bevor er sich den nächsten Schritt überlegen konnte.

Sie nickte ihm zu, dann wandte sie sich wieder an Arnold. »Alina hat nach euch verlangt. Ihr sollt bitte in der Gerichtsmedizin vorbeischauen, bevor ihr losstürmt. Sie hat da wohl noch etwas, das sie für wichtig hält.«

***

»Was war das denn gerade?« Sie passierten die Stadtgrenze von Weimar auf der B7 Richtung Jena, als Arnold den Wagen langsamer werden ließ.

»Ich weiß nicht, was du meinst.« Christian sah seinen Partner an, konnte seinem Blick aber nicht lange standhalten und sah zurück auf die Straße.

»Rede schon. Oder willst du bis Jena laufen? Ich habe kein Problem damit.« Wie zum Beweis fuhr er in Umpferstedt rechts auf einen Parkplatz und hielt an.

»Mann, du kannst richtig fies sein, weißt du das?«

»Ja, das weiß ich. Deswegen bin ich ja auch Bulle geworden.« Er lachte und legte Christian eine Hand auf die Schulter. »Komm, du weißt, dass ich das nicht so meine. Ich mache mir nur Sorgen um dich. Du bist in sie verliebt …«

»Ich bin nicht verliebt, gelle? Versteh das endlich.«

»Oh doch, das bist du. Und sie in dich! Und das, was sie vorhin getan hat, war vielmehr als nur ein Bekenntnis eurer Freundschaft. Sie hat dir irgendetwas in die Tasche gesteckt. Willst du nicht mal nachsehen, was es ist?« Er selbst platzte beinahe vor Neugierde, hätte das seinem Partner gegenüber aber niemals zugegeben.

»Sie hat mir was?« Christian rutschte auf seinem Sitz umher, bis er mit einer Hand seine Hosentasche erreichte.

Überrascht sah er ihn an. Offenbar hatte er tatsächlich nicht mitbekommen, dass sie ihm etwas zugesteckt hatte. Noch ein Beweis mehr, dass sie ihn völlig faszinierte. *Wer weiß, wo er in diesen Sekunden mit seinen Gedanken war.* Er schüttelte den Kopf. Er konnte es sich denken, wagte es aber nicht, den Gedanken in Worte zu packen.

Christian zog jetzt endlich einen gefalteten Zettel hervor, den Arnold an die Briefchen aus seiner Schulzeit erinnerte. »Was steht drauf? Willst du mit mir gehen? Kreuze bitte an: ja, nein, vielleicht?«

Christian Griso sah von dem Stück Papier zu Arnold und zurück. »Du bist doof«, murmelte er. »Das … das ist ihre Telefonnummer. Darunter steht, dass ich sie anrufen soll. Sie möchte sich mit mir treffen.«

»Endlich!« Er lehnte sich in seinem Sitz zurück und schloss einen Moment lang die Augen. »Na endlich. Ich rate dir eines: Vermassele es nicht.«

Christian nickte wortlos, starrte weiter auf das Stück Papier in seiner Hand, als könne er nicht verstehen, wie es dahingekommen war.

Arnold startete den Wagen und fuhr Richtung Klinikum der Friedrich-Schiller-Universität in Jena.

Warum kann nicht alles so einfach sein?

»Was Alina von uns will?«

»Ich habe keine Ahnung.« Arnold vergrub die Hände in den Taschen, während er den Gang zur Gerichtsmedizin entlang schlurfte. Er wollte auf seinen Freund nicht neidisch sein. Trotzdem war er es. Irgendwie. Spätestens seit dem Zettelchen. Warum schaffte er es nicht, endlich über seinen Schatten zu springen und Alina zu fragen, ob sie mit ihm ausging?

»Es muss was Wichtiges sein, wenn sie es uns nicht am Telefon sagen wollte«, plapperte Christian weiter, ohne zu bemerken, dass Arnold nicht in der Laune war, mit ihm zu reden. »Vielleicht hat sie …«

Arnold blieb stehen und fuhr auf dem Absatz zu ihm herum. »Keine vielleichts und eventuells. Sei einfach mal ruhig.« Er ballte die Hand zur Faust und ließ wieder locker, dann drehte er seinem Freund den Rücken zu. »Tut mir leid. Ich vermute, ich bin ein wenig überarbeitet.«

»Das glaube ich auch.«

Schweigend erreichten sie Alinas

Büro. Arnold klopfte an, und zog die Tür auf, ohne eine Antwort abzuwarten.

Oft war Alina noch nicht hier, selbst wenn sie von ihrem Kommen wusste. Doch dieses Mal saß sie auf ihrem Platz hinter dem Schreibtisch, auf dem sich die Unterlagen und Akten wie ein kleines Gebirge türmten, und sah auf. »Huch, ihr seid schon da?« Sie legte einen Briefbogen zur Seite und stand auf. »Ich freue mich, dass ihr so schnell kommen konntet.«

»Was hast du auf dem Herzen?«, erkundigte sich Arnold schlechtgelaunt. Alina konnte nun weiß Gott nichts für seine Situation, seine Feigheit, aber er wollte im Moment einfach nicht freundlicher klingen.

»Ich hab etwas bei der Toten gefunden«, entgegnete sie ebenfalls mit plötzlich kühlem Ton. Das hatte er nun davon. Aber es war ihr nicht zu verdenken.

»Wieder ein Gedicht?« Christian schob sich zwischen die beiden, drehte sich zu Borgi um und tippte sich mit dem Zeigefinger an die Stirn.

Er zog den Kopf ein. Sein Partner hatte recht. Er benahm sich wie ein Kind, das den Lolli im Kaufmannsladen nicht bekommt. Nur war der Lolli in diesem Fall Alina Votice. Warum musste er so ein elender Feigling sein? Susanne war ein guter Vorwand – aber auch nicht mehr. Jetzt nicht mehr.

»Ja, abermals ein Gedicht. Ich habe es schon durch die Datenbank laufenlassen. Natürlich wieder …«

»… Herder«, unterbrach Arnold sie und trat neben Christian. »Bitte entschuldige«, sagte er und hoffte, dass sie ihm verzieh. »Ich meinte es nicht so. Irgendwie geht zur Zeit alles Drunter und Drüber bei mir. Ich habe den Eindruck, dass ich mich selbst nicht mehr kenne.«

»Das kann ich bezeugen«, flüsterte Christian und setzte sich auf einen Besucherstuhl.

Wen, zum Henker, empfängt Alina in diesem Büro an Besuch?, überlegte Arnold einen Moment. *Ihr Klientel kann es unmöglich sein. Und wenn doch, wäre das ziemlich makaber.* Dieser Gedanke erinnerte ihn an die Vorstellung, wie die Medizinerin mit beiden Armen in einer Leiche steckte. Ein widerlicher Einfall, der sich nur schwer aus seinem Gedächtnis verdrängen ließ.

»Schon gut.« Sie winkte ab und ein Lächeln huschte über ihr Gesicht. »Jeder von uns kann mal einen schlechten Tag haben, nicht wahr?«

»Danke.« Erleichtert setzte er ein Lächeln auf. Das schönste, das er in diesem Moment zu bieten hatte. Er spürte, dass er bereits jetzt unter ihrem Pantoffel stand. Seltsamerweise machte ihm das nicht im Geringsten etwas aus.

»So, nun aber zu dem Wichtigem. Also, in der Hosentasche des Mädchens habe ich folgendes Gedicht gefunden:

Neide nicht, o junges Mädchen,
Deiner Schwester Lieblichkeit!
Ahme nicht mit heißem Eifer
Nach, was die Natur verbeut!

Eine Blume, noch im Werden,
Sah die Lilie vor sich stehn
Und, vergessend ihrer selber
(Denn auch sie war hold und schön),

Neidet, zürnt sie, brennet ängstig,
Lilie zu werden. Weh!
Was geschieht? Die arme Blume
Wird zu Feuerlilie.

Der Titel lautet: Der Neid. Des Weiteren wissen wir schon etwas über ihre Identität. Sie war ebenfalls Studentin in der Bauhausuniversität, 22 Jahre jung. Ihr Name war ...« Alina nahm einen Notizzettel vom Schreibtisch und las vor: »Tanja Groß. Keine Vorstrafen, keine Eintragungen, nicht einmal ein Strafzettel wegen Falschparken. Ein unauffälliges Mädchen mit blütenweißer Weste.«

»Also wie unser erstes Opfer?« Christian schnappte sich den Zettel aus Alinas Hand, drehte ihn gegen den Uhrzeigersinn und gab ihn ihr zurück. »Kann man ja gar nix drauf entziffern«, murmelte er.

Alina lächelte. »Das ist auch gut so. Stell dir mal vor, jeder Dahergelaufene würde in meine Unterlagen schauen können.«

»Sehe ich aus wie jeder Dahergelaufene?« Gespielt empört stemmte er die Arme in die Seite.

Ohne darauf einzugehen, setzte sie fort: »Na ja, jedenfalls gibt es einen Unterschied zu dem anderen Mädchen. Dieses hier war schwanger.«

Kapitel 14
-
Bücher, Dunkelheit und eine ewige Liebe

Die Tür der Bibliothek fiel hinter ihm krachend ins Schloss. Er fuhr zusammen. Unnatürlich laut klang der Nachhall in der Villa, in der seit langer Zeit die Stille herrschte. Nichtsdestotrotz war sie nicht verlassen und würde es auch niemals sein. Nicht, wenn er es zu verhindern wusste.

Seine Finger umklammerten das Geländer, als er die Wendeltreppen hinaufstieg. Kühl fühlte sich das Holz an. Kühl und vertraut. Er blieb stehen, atmete tief durch. Sein Plan schien makaber, vielleicht sogar ein wenig irre, doch er wusste, dass es funktionierte. Langsam ging er weiter, lauschte dem Schweigen der Wände. Bald schon würde aus ihnen ein Wispern dringen. Das Murmeln von Stimmen. Geisterhafter Stimmen.

Geister konnten an einen Ort gebunden werden, wenn ein Mensch grausam ums Leben kam. In unzähligen Büchern hatte er davon gelesen. Eines davon trug er stets bei sich. Eine lederne Ausgabe des Necronomicons. Nur wie gewalttätig dieser Tod sein musste, damit die Seele des Verstorbenen nicht verschwand, wusste er nicht. Reichte der Erstikkungstod, hervorgerufen durch den eigenen Sohn, aus? Er hoffte es.

Bereits vom Gang her hörte er das Beatmungsgerät jener Frau, die ihm so viel bedeutete. Ihr leises Stöhnen mischte sich darunter und jagte ihm eine Gänsehaut über Rücken und Arme. Er liebte sie und wollte sie nicht verlieren. Nicht ein zweites Mal. Sie gehörte ihm. In alle Ewigkeit! Sein Herz krampfte sich bei der Vorstellung zusammen. Glück und Freude und die Gewissheit, niemals mehr allein sein zu müssen. Hoffentlich ging alles gut. Hoffentlich machte er keinen Fehler. Er strich die verängstigenden Gedanken zur Seite und konzentrierte sich wieder auf das, was vor ihm lag. Zeit, um in Panik zu verfallen, die hatte er nicht. Zweifel und Ängste gehörten nicht hierher. Sie machten ihn nur verletzlich und das bedeutete angreifbar. Er durfte sich keinen einzigen Fehler mehr erlauben!

Er tastete nach dem goldenen, kalten Türgriff und hielt inne. Er lauschte auf seinen eigenen Herzschlag und hörte minutenlang dem Rauschen des Blutes zu, ehe er die Tür öffnete.

Dunkelheit umfing ihn wie ein Mantel. Nur als Schatten nahm er das Bett mit der Lady darin wahr, das vor dem Fenster stand. Die Gardinen waren zugezogen. Es stank widerlich in diesem Zimmer, in dem er sich dennoch immer gern aufgehalten hatte. Urin, Stuhl und der Geruch nach Verwesung stiegen ihm in die Nase, gepaart mit dem Gestank verschiedener Salben und Mixturen. Eine abartige, süßliche Mischung. Bei jedem anderen Menschen hätte er sich geekelt – doch nicht bei ihr.

Auf Zehenspitzen schlich er an die Schlafstätte heran und betrachtete die Frau, die ihre Augen geschlossen hielt. Ein Schlauch endete in ihrem Hals. Das Beatmungsgerät gab leise, regelmäßige Geräusche von sich, die ihn an einen Taucher mit Schnorchel erinnerten. Sie war in die Jahre gekommen, und wirklich alt geworden. Trotzdem war es nicht rechtens, dass sie nun so dahinvegetieren musste. In ihrem Leben hatte sie einiges falsch gemacht, das wusste er zu gut und bis zum heutigen Tag litt er unter ihren Fehlern. Aber damit konnte er sich arrangieren. Lange genug hatte er getrauert, die Tränen darüber waren vor Ewigkeiten versiegt. Nun zählte nur noch eins: Dass sie nie wieder aus seinem Leben verschwand. Selbst wenn es nur dadurch möglich war, ihren Geist an das Haus zu ketten. Dann musste sie eben sterben. Er kicherte selbst über den Wahn, der doch die Realität bedeutete. Es funktionierte. Da war er sicher. In der Bibliothek hatte er es studiert. Die Bücher über Geister,

Beschwörungen und paranormale Aktivitäten auswendig gelernt. Es konnte nichts schief gehen. Nach dieser Aktion würde sie für ihn da sein, wann immer er sie brauchte.

Er beugte sich zu ihr herab, legte das Necronomicon, das er unter seinem Arm getragen hatte, sanft auf das Bett, und gab ihr einen Kuss auf die Stirn. Ihre Augenlider flackerten, aber die Frau wurde nicht munter. Seit ihrem Schlaganfall vor Monaten war sie nicht mehr aufgewacht und würde es auch nie wieder tun. *Niemals wieder sehen ihre Augen den Sonnenaufgang, der Sommerwind streicht nie mehr durch ihr graues Haar.* Seufzend nahm er ihre Hand. Selbst die besten Ärzte gaben alle Hoffnungen auf. Koma. Ein hartes, schmerzendes Wort und doch nur eine Umschreibung für den Eintritt in einen ewigen Schlaf. Drei Apoplexien hatten sie zu diesem leblosen Wesen gemacht, das jetzt so abgemagert vor ihm lag. Denen waren weitere gefolgt, Unzählige, aber sie änderten an ihrem Zustand nichts. Es ging ihr weder schlechter noch besser. Ihr Körper war nur eine Hülle, von den Geräten am Leben erhalten. Der wahre Mensch, das, was sie ausmachte, war darin gefangen. Eine Qual. Viel zu lange hatte er gewartet, um sie zu erlösen.

Er trat um das Bett herum, blieb vor dem Beatmungsgerät stehen und legte seinen Zeigefinger auf den Knopf, der über Leben und Tod entschied.

War das, was er tat, rechtens? War es nicht nur eine egoistische Idee, die er da verfolgte? Hatte er die Befugnis, ihr Dasein zu nehmen, wie es ihm beliebte?

Er wandte sich ab und ging nach hinten, schob die Gardine ein Stück zur Seite und sah hinaus. Schwere Wolken verhingen den Himmel. Kamen seine Gedanken nicht etwas spät? Umzukehren, abzuwenden, was er tat, unmöglich. Er war nach vorn gegangen, konnte nicht mehr zurückblicken und wollte es auch nicht. Sein Leben hatte man ihm ebenfalls genommen. In jenen Tagen, vor vielen, vielen Jahren.

Seither führte er ein tristes Bestehen. Kein Leben, keine Hoffnung. Gefangen in einer Daseinsform, in der ihm jegliche Freude verwehrt blieb. Und diese Frau trug Schuld daran!

Er drehte sich herum, ging zu dem Bett zurück und legte den Finger zurück auf den Knopf. Langsam zählte er bis zehn. ›3 Sekunden gedrückt halten‹, erschien auf dem Display. Dann gab das Gerät ein ohrenbetäubendes Fiepen von sich und verstummte.

Mit einem Male war es still in dem Raum.

Das unnatürlich laute Atmen hörte auf, das Summen der Maschine verklang. In dem Bett lag nur noch eine sterbende Frau, die nicht einmal mitbekam, dass sie starb. Wieder flakkerten ihre Lider und einen Moment glaubte er, ihre blauen Augen erkennen zu können, die ihn vorwurfsvoll anstarrten.

Er ließ sich auf die Knie fallen und vergrub sein Gesicht in der Bettdecke jener Person, die ihm alles bedeutete, und ihm doch so viel Leid zugefügt hatte. Er hatte sie getötet.

Das wütende Piepsen des Überwachungsgerätes riss ihn aus seinen Gedanken. Es alarmierte laut, lauter - es dröhnte in seinen Ohren. Er riss ihr den Fingersensor ab, schaltete das Gerät ebenfalls ab und wartete einen Moment, bevor er sich wieder auf den Boden fallen lies. *Tot. Tot. Tot!*, schallte es hinter seiner Stirn. *Aber sie lebt weiter. In mir. In diesem Haus. Sie wird bei mir bleiben, bis an das Ende aller Tage.*

Er schluchzte, konnte nicht aufhören, bis er sich auf dem Boden zusammenrollte. Was hatte er getan?

Er wusste nicht, wie lange er am Boden lag, versuchte zu schätzen, bemerkte aber, dass es ihm nicht gelang. Jegliches Zeitgefühl war von ihm gewichen.

Als er aufstand, tastete er nach der Halsschlagader seines Engels. Und wahrlich: Kein Blut schoss mehr durch die Adern. Ihre Hand kühlte bereits ab. Sie war zu einem

Himmelswächter geworden.

Er deckte sie zu und murmelte eine kaum vernehmbare Entschuldigung. Zumindest das schien er ihr schuldig. Dann stellte er das Beatmungsgerät wieder an, ebenso das Pulsoxymeter. Den Alarm unterdrückte er bei beiden Geräten für eine Minute. Eine Minute. Sie musste reichen.

Er zog sich aus dem Zimmer zurück und schloss die Tür leise, kehrte abrupt noch einmal um! Das Buch! Seine Beschwörungen! Beinahe hätte er jetzt, am Ziel angekommen, doch noch einen Fehler begannen. Er schallte sich einen Narren, blickte sich noch einmal um, spürte, dass ihm die Zeit davon lief und stahlt sich auf Zehenspitzen erneut aus dem Raum. *Nur keine Toten wecken ...*

Kapitel 15
-
Noch ein Zettel, verwirrte Gefühle und ein Todesfall mehr

»Sie war was?« Christian nahm ihr das Protokoll aus der Hand, nickte und deutete auf den entsprechenden Vermerk. »Hat sie das gewusst?«

»Ich halte es für unwahrscheinlich.« Alina strich sich eine Haarsträhne aus dem Gesicht. »Ich habe in ihrem Blut eine winzige Menge Restalkohol gefunden. Ich glaube nicht, dass sie getrunken hätte, wenn sie von dem Kind wusste. Außerdem war der hCG noch viel zu niedrig, als das die Schwangerschaft ihr Beschwerden bereiten konnte.«

»Der was?« Christian schaute Alina fragend an.

»hCG. Humanes Choriongonadotropin. Ein Hormon, das von der Plazenta gebildet wird und die Schwangerschaft aufrecht erhält.« »Bei euch lernt man nie aus.«

»Kann es sein, dass sie alkoholisiert

in den Fluss gefallen und ganz einfach ertrunken ist?«, mischte sich Arnold ein. Die Vorstellung an ein totes Baby war mehr als er ertragen konnte. Fröstelnd rieb er sich die Oberarme. Er dachte an sein Baby. Seine Lisa, wie man sie ihm als Baby in die Arme gelegt hatte. An ihr warmes, ansteckendes Lachen. Sein Magen verkrampfte sich. Er spürte, wie sich die Fingernägel in seine Handfläche gruben. Im Auto fuhr er noch immer den Teddy spazieren, den er für sie gekauft hatte. Er musste zu ihr, musste sie besuchen. Heute. Egal was geschah und wenn der Himmel einstürzte. Sie durften nicht noch mehr Zeit verlieren.

»Das liegt nahe.« Alina durchdrang seine trüben Gedanken. »Da gebe ich dir Recht. Aber die Konzentration des Blutalkohols ist zu gering. Aus diesem Grund kann ich deine Theorie bedauerlicherweise nicht untermauern. Außerdem fanden wir Druckstellen im Genick. Jemand hat sie gepackt und untergetaucht. Du hast es selbst am Tatort gesehen.

Nein, das war kein Unfall.«

»Okay.« Arnolds erster Gedanke galt dem Professor. Vom ersten Moment an war er ihm seltsam vorgekommen, beinahe verrückt. Konnte seine Verrücktheit so weit gehen, dass er mit den Mädchen Affären unterhielt, die er jetzt zu vertuschen versuchte? Er war beliebt und hatte sicher leichtes Spiel bei den Studentinnen, die ihn verehrten. Dafür sprach ebenfalls, dass seine Frau sich nicht mehr in der Lage befand, ihm gewissen Annehmlichkeiten zu bereiten.

»Erwartete Claudia Melzer auch ein Kind?«, erkundigte er sich.

»Nein. Auf keinen Fall. Außerdem war sie Jungfrau.«

Arnold starrte Alina an, konnte nicht glauben, was er da hörte. In diesem Alter, mitten in der Stadt ... eine unbefleckte Schönheit? »Bist du dir sicher?«, hakte er ungläubig nach.

»So wahr ich hier stehe. Ich täusche mich nicht in solchen Dingen.«

»Okay, okay«, beschwichtigte er.

Damit war seine Theorie hinfällig. Dennoch musste er noch einmal mit dem Professor reden. In ihm brodelte eine Idee, ein Gedanke, der ihn nicht in Ruhe ließ. Er musste zu Methelen. Jetzt. Bevor ein weiterer Mord geschah.

»Alinchen, war das alles?«, fragte er nach. Mit einem Male konnte er es nicht mehr erwarten, aus diesem Büro herauszukommen und endlich den Täter zu verhaften. Er würde ihn kriegen, ihn jagen. Er spürte, wie das Blut heiß durch seine Adern schoss. Dieser verfluchte Kerl hatte ihn an seiner empfindlichsten Stelle getroffen: Einem toten Kind. Und das nahm er persönlich.

»Fast.« Sie stand auf, ging auf ihn zu und reichte ihm die Hand.

Er bemerkte, wie irgendwas von ihren Fingern in seine glitt. Sie zwinkerte, dann ließ sie von ihm ab. »Nun dürft ihr gehen.«

***

»Okay, was war das?« Christian blieb vor der Rechtsmedizin stehen und zündete sich eine Zigarette an. Bis zum Auto mussten sie ohnehin einige Minuten laufen, weshalb sollte er sich diese Strecke nicht versüßen? »Rede endlich«, drängelte er, als Borgi noch immer nicht antwortete. »Ich habe genau gesehen, dass sie dir irgendwas zugesteckt hat.«

Arnold öffnete seine Faust, in der der Zettel verborgen lag. Er war ebenso gefaltet, wie der Seinige von Jeanette.

»Nun mach das Ding auf. Lass dich nicht so drängeln.«

Nach wie vor tat er nicht dergleichen.

»Ich wette mit dir, dass darin ihre Telefonnummer ist, mit der Bitte, sie anzurufen, gelle? Wollen wir wetten?«

Borgi sah ihn an, dann den Brief in seiner Hand. Seufzend begann er ihn auseinanderzufalten und hielt inne, noch bevor man die Schrift erkennen konnte. »Warum sollte sie das tun?«

»Du bekommst auch nicht viel mit,

gelle? Ich glaube, die Frauen haben sich verbündet.« Er deutete auf das Stück Papier. »Komm und lese, was darauf steht.«

Christian sah, wie Borgis Hände zitterten. Seine Lippen bebten, als er wortlos zu lesen begann.

»Und? Was was will sie?« Warum ließ er sich jedes Wort aus der Nase ziehen?

Arnold Borge knüllte den Zettel zusammen und schob ihn in seine Hosentasche. Er verzog keine Miene, als er in den Wagen stieg.

»He, redest du nicht mehr mit mir?« Christian beeilte sich, seine Zigarette auszutreten und ihm in den Mazda zu folgen. Der Motor lief bereits. Aus eigener, nicht gerade angenehmer Erfahrung wusste er, dass Borgi in diesem Zustand keinen Spaß verstand und einfach losfuhr, wenn ihm danach war.

»Verrätst du mir wenigstens, was ich angestellt habe?«, erkundigte er sich, als er auf dem Beifahrersitz Platz nahm.

»Nein.«

***

»Sagst du mir, wohin wir fahren? Oder muss ich das auch erraten?«

Arnold sah auf die Straße und bremste hart ab, als sie das Ortseingangsschild von Isserstedt passierten. Er wurde gegen seinen Gurt gedrückt und hielt sich an dem Lenkrad fest. Warum hörte Christian nicht auf zu reden? Warum musste er so unsensibel sein, und die ganze Zeit über nachbohren? Konnte er sich nicht um seinen eigenen Kram kümmern oder endlich eine Lösung für ihren Fall präsentieren? Er war sauer und wusste, dass es Unrecht war, es an seinem Partner auszulassen. Doch er konnte nicht anders. Es gab niemanden, absolut niemanden, der seine Gefühlswelt verstehen konnte und dem er sich anvertraut hätte. Christian vielleicht schon, aber was wusste er schon von solchen Dingen? Er war ein Lebemann, der mit Familie nichts am Hut hatte. Jemand, der sein Leben genoss, ohne sich um das Morgen zu kümmern. Einer ...

»Borgi«, riss dieser ihn aus seinen Gedanken, »ich weiß nicht, was ich dir getan habe, aber ich fi…«

»Es war ihre Telefonnummer, okay?«, unterbrach er ihn schreiend. »Und der Satz, dass ich sie anrufen soll. Ist es das, was du wissen wolltest, ja?« Er schaltete einen Gang tiefer. Die Reifen quietschten, als er zu stürmisch in den Kreisverkehr schoss.

»Was ist denn los mit dir, verdammt noch mal?«, schrie Christian, der sich an seinem Sitz festkrallte. »Drehst du jetzt durch oder was?«

Arnold bremste ab und passte sich der üblichen Geschwindigkeit an. Ja, er war am Durchdrehen, da gab er seinem Partner ausnahmsweise Recht. Aber der konnte nicht begreifen, weshalb. Er würde es nie verstehen können, wenn er nicht diesen Verlust, diese Schmerzen selbst spürte. Alina Votice war eine eindrucksvolle Frau. Sie war intelligent, gebildet und dazu so wunderbar weiblich. Ihre Rundungen bereiteten ihm schlaflose Nächte. Was gäbe er nicht alles dafür, sie einmal berühren zu dürfen! Heute rückte dieser Wunsch in greifbare Nähe und doch verspürte er nackte Panik. Betrog er Susanne, wenn er sich auf sie einließ? Was würde Lischen von ihm denken, wenn ihr Papa plötzlich eine andere Frau liebte?

»Zum Professor fahren wir. Zum Professor«, antwortete er ruppig, nur um seinen eigenen Gedanken nicht weiter verfolgen zu müssen.

Sie erreichten die Stadtgrenze von Weimar und Arnold bog am Leonardo Hotel nach links ab. In der Hermann-Löns-Straße drosselte er sein Tempo, bis er zu guter Letzt auf der Straße vor der Villa zum Halten kam.

»Was wollen wir jetzt machen?«

»Ich weiß es nicht.« Arnold legte den Kopf auf das Lenkrad. Seine Gedanken schwirrten verloren umher und ließen sich zu keinem Muster zusammenfassen.

»Wir haben keinerlei Beweise gegen ihn. Nur Indizien – wenn man sie überhaupt so nennen mag. Wir wissen, dass sich ein Transporter, ein T4, wie er einen besitzt, am ersten Tatort befand. Außerdem, dass die Opfer seine Studentinnen waren. Dann hört es schon auf. Dafür können wir ihn nicht festnehmen.«

»Ich weiß.« Arnold fuhr sich durch das Gesicht und betrachtete sich im Innenspiegel. Blass sah er aus, die Augen in die Höhlen zurückgetreten. Nach diesem Fall musste er Urlaub nehmen. Ohne Wenn und Aber. Er brauchte die Erholung, das Abschalten, um wieder zu sich zu kommen. »Was ist mit der Aussage von Frau Elsner? Sie sah einen Mann, dessen Beschreibung auf den Professor passt.« Seine Worte klangen selbst in seinen Ohren kraftlos und müde.

»Borgi, du weißt genauso gut wie ich, wie viele Männer es in der Stadt gibt, die auf diese Beschreibung passen. Die Touristen noch nicht einmal eingerechnet.«

Christian hatte Recht. Natürlich hatte er das. Wieder einmal. Seine Abgeschlagenheit verdampfte und machte einem sinnlosen Zorn Platz. »Und seine Vorliebe für Herder? Das passt doch wie die Faust aufs Auge«, knurrte er.

Ein Hilferuf unterbrach ihr Gespräch abrupt. Einen Moment lang sahen sich die Kommissare an, bevor sie zeitgleich aus dem Wagen sprangen. Der Schrei kam aus der Villa des Gelehrten.

Arnold hielt sich nicht damit auf, zu schauen, ob das Gartentor offen stand. Er überwand das hüfthohe Hindernis mit einem Sprung, bemerkte aus dem Augenwinkel, dass sein Partner es ihm gleichtat und rannte über den Kies zur Haustüre. Die wenigen Treppen davor hechtete er hinauf und blieb vor der geöffneten Tür stehen.

Er lauschte. Absolute Stille. Er gab Christian ein Handzeichen, ihm zu folgen und trat in die Eingangshalle ein. Seine Augen benötigten einige Sekunden, um sich an das Zwielicht zu gewöhnen, dann sah er sich unschlüssig um. Wohin sollte er sich wenden? Das Haus war riesig. Von überallher konnte das Rufen erklungen sein. Ein Schluchzen durchbrach die Grabesstille. Einbildung? Doch Christian nickte ihm wortlos zu. Er musste es ebenfalls gehört haben.

Arnold zog seine Waffe, deutete auf die seines Partners und nickte zufrieden, als auch er seine Pistole zog. Das Schluchzen wiederholte sich. Arnold zeigte auf die Stufen neben der Eingangstür, die nach oben führten. Jene, über die der Professor bei ihrem ersten Besuch verschwunden war. Ohne Zweifel kamen die Laute von dort. Sie mussten hinauf.

Die erste Holzstufe knarrte unter seinem Schritt. Arnold hielt den Atem an, lauschte, doch es blieb still. Die Zweite gab dasselbe verräterische Geräusch von sich; darauf konnte er keine Rücksicht nehmen.

Er schob sich an der Wand entlang, jeden Muskel seines Leibes gespannt, bereit, einem flüchtenden Täter den Weg abzuschneiden. Die Waffe hielt er schussbereit in der rechten Hand, als er die Mitte der Treppe erreichte.

Nichts rührte sich. Es war mucksmäuschen still.

Minuten verstrichen, dehnten sich zu Ewigkeiten. Sein Gefühl sagte ihm, dass da oben etwas passiert sein musste. Arnold stieg weiter hinauf, bis er Einblick in die nächste Etage gewann. Die Tür zum ersten Zimmer stand offen. Er lehnte sich nach vorn, erkannte einen Schatten, der durch den Raum huschte. Ein leises Schluchzen, dem folgten Worte, die er nicht verstehen konnte. Er lauschte. Wie viele Personen befanden sich dort drin? Noch bevor er eine Antwort auf die Frage fand, stürzte eine schlaksige Gestalt aus der Kammer und die Treppen hinunter. Er sah sie auf sich zukommen, tat einen Schritt zur Seite, versperrte mit seinem Körper den Weg und fing den Flüchtenden auf.

»Christian!« Aus den Augenwinkeln heraus sah er, wie sein Partner seine Waffe wegsteckte.

»Lasst mich!«

Überrascht von der plötzlichen Gegenwehr lockerte Arnold einen Moment lang seinen Griff.

Der Fremde nutzte diesen Moment der Schwäche, riss sich los und stolperte weiter. Chris packte zu; erwischte den Burschen am Ellenbogen und drehte dessen Arm auf den Rücken, bis dieser aufheulte und auf die Knie sank.

»Was soll der Scheiß?«, fauchte Arnold ihn an. »Wer bist du und was suchst du hier?« Erst jetzt erkannte er das Gesicht des Jungen, den der Professor und seine Frau bei sich aufgenommen hatten. »Lier Breda?«

Gerötete Augen starrten ihn an, die Wangen schienen geschwollen. Tränen benetzten sie.

»Christian, lass ihn los«, bat Arnold und nahm seine Waffe herunter.

Sein Partner folgte seiner Bitte, blieb aber in Reichweite des Jungen stehen.

»Was ist los? Hast du so geschrien?«

Lier nickte und zeigte nach oben – auf den Raum, aus dem er gekommen war. »Sie ist tot«, flüsterte er mit tränenerstickter Stimme. »Einfach tot. Er hat sie umgebracht.«

»Wer hat wen umgebracht?« Arnold befürchtete, was der Junge jetzt sagen würde, doch er wollte es aus seinem Mund hören.

»Der Professor hat sie ermordet.« Lier ließ sich auf eine der Stufen nieder und vergrub das Gesicht in den Händen. »Ich hörte das Beatmungsgerät, wie es alarmierte. Daraufhin bin ich hochgerannt – ich war zuvor im Garten, die Rosen verschneiden. Amelie, also Frau Methelen, hat Rosen über alles geliebt. Ich wollte ihr ein paar pflücken. Sie war zwar seit Längerem nicht mehr bei Bewusstsein, aber ich bin mir sicher, dass sie den Duft trotz alledem wahrnahm.«

»Und was ist dann geschehen?«

Lier schaute auf und wischte sich die Nase am Unterarm ab. »Als ich in das Schlafzimmer kam, kontrollierte ich die Werte des Gerätes. Sekunden können hier zwischen Leben und Tod entscheiden. Der Professor brachte mir bei, was man tun muss, wenn es alarmiert und welche Parameter eingestellt sein müssen. Nichts davon stimmte. Ihre Lippen waren blau. So blau. Ich suchte nach ihrem Pulsschlag, aber fand keinen. Sie ist tot.« Er schluchzte hysterisch.

»Oh verflucht.« Arnold ging an ihm vorbei in das Zimmer. Die zuvor vernommene Stille war verschwunden. Das Beatmungsgerät piepte vor sich hin – ohne Zweifel der angesprochene Alarm - und blies weiter Luft in den Körper. Konnte die Frau wahrhaftig tot sein?

Er zog die Vorhänge auf, um besser sehen zu können. Tief atmete er ein, dann drehte er sich herum und betrachtete Amelie Methelen, deren Gesicht aschfahl war. Die Augen hatte sie aufgerissen. Kein Fünkchen Leben spiegelte sich in ihnen wider. Er tastete nach ihrem Puls, aber fand, wie Lier Breda zuvor, keinen. Doch da war dieses Atemgeräusch, das ihn in den Wahnsinn zu treiben vermochte. *Eine Tote kann nicht mehr atmen ...*

»Das Gerät darf nur von einem Arzt ausgeschaltet werden.« Lier trat unter dem Türrahmen hervor und verschränkte die Arme vor der Brust, als ob er sich selbst festhalten wolle.

Christian stand hinter ihm und war ebenso blass, wie die Frau des Professors.

»Verstehe.« Arnold nickte, nahm sein Handy und wählte die Nummer der Rettungsleitstelle.

***

»Kannst du uns erzählen, was genau vorgefallen ist?« Christian zündete sich eine Zigarette an und bot Lier Breda ebenfalls eine an. Er lehnte ab. Zu dritt saßen sie auf der Terrasse, auf der sie unlängst mit dem Professor gesprochen hatten.

»Das Meiste habe ich Ihnen erzählt.« Endlich schien er sich beruhigt zu haben, auch wenn er hin und wieder in ein Taschentuch schnäuzte. »Ich war im Garten und schnitt Rosen. Dann hörte ich, wie das Gerät alarmierte. Das wars schon.« Er knüllte sein Taschentuch zusammen, wollte es sich in die Hosentasche stecken und hielt inne. »Ach, das hier habe ich gefunden. Es lag auf dem Nachttisch.« Er reichte Arnold einen Zettel.

Die Reue

Tröst', o, tröste Dich, mein Herz,
Ueber Deine Leiden!
Blicke vor- und hinterwärts!
Süß ist überwundner Schmerz
Unverdienter Leiden.
Und verdientest Du den Schmerz,
So verdiene Freuden!

Irrthum zwar und Thorheit sind
Unser Loos hienieden,
Mißgestaltet, schwach und blind;
Jeder Fehler ist ihr Kind
Und verscheucht den Frieden.
Ach, der süßen Feinde sind
Uns so viel beschieden.

Aber jedem Fehl verband
Jene ew'ge Treue,
Jener göttliche Verstand
Seiner Liebe bestes Pfand,
Daß sie uns erneue;
Besserung wird sie genannt,
Menschen nennen s' Reue.

Sanft zieht sie hinweg den Flor
Von des Fehlers Blicke;
Warnend kommt sie ihm zuvor,
Oeffnet sanft sein taubes Ohr,
Führt ihn zart zurücke;
Durch der Reue niedres Thor
Wandern wir zum Glücke.

O, wie fröhlich fühlt das Herz
Dann verlebte Leiden,
Segnet seinen Arzt, den Schmerz,
Blickt mit Schauer hinterwärts,
Siehet vorwärts Freuden!
Neu und freier wird das Herz
Durch besiegte Leiden.

Dank der mütterlichen Hand,
Die den Kelch uns mischet,
Die aus Schmerzen Lust erfand
Und mit Lust den Schmerz verband,
Der sie neu erfrischet.
Dank der mütterlichen Hand,
Die den Kelch uns mischet!

Er nickte Christian zu und gab ihm das Stück Papier. »Und sonst ist dir nichts aufgefallen? Wo ist der Professor?«, hakte Arnold nach.

»Er ist, kurz bevor ich das furchtbare Fiepen hörte, aus dem Haus gegangen. Er wollte einkaufen gehen.« Lier sah sekundenlang in den Himmel, dann schien ihm ein Einfall zu kommen. »Eine Sache ist seltsam: Er läuft sonst immer zum Einkaufen. Der Markt ist nicht weit weg. Aber heute hat er den Transporter genommen.«

Christian blickte auf den leeren Parkplatz, auf dem das letzte Mal der weiße T4 stand. *Kann es sein, dass der Professor seine eigene Frau ermordete?* Ein Puzzleteil griff ins andere und inzwischen musste selbst ein Blinder mit Krückstock die Zusammenhänge erkennen.

»Gab es Anzeichen dafür, dass er wütend war? Zum Beispiel auf seine Frau«, fragte Borgi weiter.

»Nein. Im Gegenteil. Er hat sie sehr geliebt. Aber er konnte es nur mit Mühe ertragen, sie in diesem

Zustand zu sehen. Mehr als einmal wünschte er sich, dass sie von ihrem Schicksal befreit werden würde. Sicher wissen Sie, dass aktive Sterbehilfe in Deutschland verboten ist. Es gab also keinen Ausweg für sie. Oder ihn.«

Diese Aussage reichte Christian Griso. Er nickte Arnold zu, bevor er sich in das Innere des Hauses zurückzog, während sein Partner die Daten des Jungen aufnahm.

Das Telefon klingelte eine gefühlte Ewigkeit. Ungeduldig verlagerte er sein Gewicht von einem Bein auf das andere und wollte schon auflegen, als endlich abgenommen wurde. »Jeanette«, sagte er, ohne abzuwarten, bis sich sein Gegenüber meldete, »Bitte gib eine Fahndung nach einem weißen VW-Transporter, einem T4, mit dem Kennzeichen ›WE – HI 89‹ raus. Der Fahrer wird wegen Verdacht auf mehrfachen Mord gesucht.«

Kapitel 16
-
Käse, Herder und ein letzter Plan

Er war am Ende seiner Reise. Fast. Einmal noch, dann würde sein Ziel erreicht sein. Die Träume, die so lange in seinem Kopf umhergeisterten Realität werden. Keine Überbleibsel von grausigen Erinnerungen mehr, die er am Morgen wie alten Käse auf seiner Zunge schmeckte. Die Freiheit wartete auf ihn.

Sobald dieses letzte Mädchen, das auf seiner Liste stand, unter der Erde war. Wortwörtlich.

Eigentlich war es nicht notwendig, denn die Herren Kommissare hatten endlich die richtige Fährte aufgenommen. Doch sein Plan existierte seit Monaten und davon abzuzweigen, das brachte er nicht übers Herz. Sein Vater, dieser Hurensohn, bekam die gerechte Strafe. Kichernd strich er sich die Haare glatt. Dieser Mistkerl würde leiden, wie er es selbst jahrelang tat. Nicht einen einzigen

Moment davon vergaß er. Sein Leben war mit Qualen angefüllt, und nur, weil ein uneheliches Kind nicht in den Plan des Professors passte; ihm womöglich den Ruf ruinierte. Ob der Dreckskerl seine Mutter zu dieser Entscheidung gezwungen hatte? Ob sie Schuld an dem Unglück trug? Er würde sie danach fragen – wenn er ihren Geist zu sich rief. Er konnte es sich nicht vorstellen. Nicht diese herzensgute Frau.

Lier lachte, betrachtete sich im Spiegel und zog dann das Büchlein hervor, auf dessen Einband fett »Herder« gedruckt stand. Das Papier war vergilbt und brüchig, viel älter als jenes, auf das das Necronomicum gedruckt worden war. Doch in diesem Buch stand, wie das letzte Mädchen von dieser Welt scheiden musste. Herder hatte seine Anweisungen auf Papier gedruckt. Lange, lange vor seiner Zeit. Dafür war er ihm zu ewigem Dank verpflichtet. Johann Gottfried von Herder stellte ein Genie dar. Es konnte nichts schief gehen.

Kapitel 17
-
Ein Anruf, eine heiße Nacht und der Friedhof

»Was tun wir jetzt?« Arnold leerte seinen zweiten Becher Kaffee. Von seinem Platz im Residenz Café aus hatte er einen freien Blick auf das Geschehen auf der Straße. Von der Kollegiengasse her bog ein Hochzeitszug Richtung Rathaus ab. Er dachte daran, dass auch er damals mit Susanne diesen Weg gegangen war, und erinnerte sich, wie die Absätze ihrer Schuhe zwischen den Pflastersteinen steckengeblieben und abgebrochen waren. An jenem Tag hatte er gelacht. Heute war ihm zum Heulen zumute.

»Ich denke, wir müssen warten, bis man ihn findet. Bis dahin können wir schon mal etwas Papierkram erledigen.« Chris bestellte sich einen Apfelstrudel mit Vanilleeis, lehnte sich zurück und verschränkte die Arme hinter dem Kopf. »Hab ich schon erwähnt, dass ich Papierkram hasse?«

»Jedes Mal, wenn du das Wort in den Mund nimmst.« Arnold stierte an ihm vorbei, an jene Stelle, wo die Festgemeinde verschwunden war. Nun war die Straße nur noch von Touristen überfüllt, die mit ihren Stadtkarten planlos von einem Ende der Stadt zum anderen eilten. »Ich hasse Warten«, fügte er hinzu. »Bist du dir sicher, dass der Professor unser Täter ist? Ich weiß nicht ... Mir kommt es vor, als hätten wir ein Detail übersehen.«

»Was sollen wir übersehen haben? Es passt alles zusammen.« Sein Apfelstrudel wurde geliefert und sofort schlug Christian die Gabel in den Teig.

»Ja schon. Aber glaubst du, Methelen wäre imstande, drei Morde zu begehen? Er scheint, zugegeben, etwas verwirrt; doch ich denke nicht, dass er zu solch einer Gräueltat fähig ist.«

»Du glaubst immer nur an das Gute im Menschen«, antwortet Christian mit vollem Mund. Die Krümel stoben davon. »'Tschuldige bitte.«

»Soll ich dich daran erinnern, dass du die ganze Zeit über von seiner Schuld überzeugt warst? Und nun dieser Sinneswandel? Wie kommt das?«

Christian Griso blieb ihm die Antwort schuldig, denn dessen Telefon klingelte. Er suchte in der Hosentasche danach, zog es hervor. Zwischen seinen Augenbrauen entstand eine Falte, als er auf das Display sah. »Das ist Jeanette. Ob die den Methelen schon gefasst haben?«

»Da wären sie aber …« Sein Handy läutete ebenfalls. ›Alina Votice‹ stand auf der Anrufererkennung.

»Ähm … ich glaube dann doch eher nicht«, meinte Christian und nahm ab.

»Dann bin ich mal gespannt.« Auch er drückte den grünen Hörer und vernahm Alinas Stimme.

»Ich dachte, du würdest mich anrufen. Jetzt ist in der Zwischenzeit ein halber Tag vergangen und nichts. Was denkst du dir dabei? Dass ich ewig auf dich warte?« Es klang, als hätte sie schimpfen wollen, aber ihr Tonfall war weich wie Watte.

»Entschuldige bitte. Wir haben …«

»Papperlapapp!«, unterbrach sie ihn barsch. »Deine Ausreden kenne ich, Herr Borge. Jetzt ist Schluss damit! Ein für alle Mal! Heute, 18 Uhr, treffen wir uns.«

Sie wartete keine Antwort ab, was womöglich besser war, denn mit ziemlicher Sicherheit hätte er einen Vorwand gefunden. Sein Herz raste polternd. Er hoffte, dass sie es nicht hörte, und schallte sich für seine kindlichen Gedanken. Die Zunge klebte an seinem Gaumen. Was sollte er sagen? Stumm nickte er. Er musste in die Zukunft schauen. Und wenn er dahin blickte, sah er Alina.

»Im Restaurant Frauentor ist für uns ein Tisch reserviert. Auf meinen Namen. Ich hoffe, du kommst. Ansonsten wirst du dich demnächst auf einem meiner Untersuchungstische wiederfinden. Und das nicht zum Spaß, wenn du verstehst, was ich meine.«

Sie machte keine Scherze. Alina nicht. Ihm schauderte bei der Vorstellung, sie in Aktion zu erleben. Dass es dabei um seinen Körper ging, empfand er in diesem Moment als unbedeutende Nebensache. Bevor ihn der Mut verließ, antwortete er deswegen rasch: »Ich werde da sein.«

»Das hoffe ich.« Sie legte auf.

Auch Christian hatte sein Telefonat beendet und stocherte mit der Gabel in seinem Apfelstrudel herum. »Frauen können ganz schön fies sein, gelle?«, murmelte er, ohne aufzusehen.

»Wem sagst du das.« Arnold winkte die Kellnerin zu sich heran und bestellte ein Köstritzer Schwarzbier.

Sein Anzug saß perfekt. Nur die Krawatte wollte nicht zum Rest passen. Ihre Farbe stimmte nicht, doch es war keine Zeit mehr, sich eine Neue zu besorgen oder diese in einen Eimer mit Farbe zu tauchen.

Seufzend, ohne über seinen eigenen Witz lachen zu können, kämmte sich Arnold das Haar. Zum zwanzigsten Mal. Mindestens. Er musste sich beeilen. Die Straßen waren gut gefüllt und er hatte die halbe Stadt zu durchqueren. Was ihm dieser Abend wohl brachte? Er warf einen Blick über die Schulter, als er sich zur Eingangstür wandte. Die Wohnung war aufgeräumt. Nicht übermäßig, um keinen falschen Eindruck zu erwecken, falls Alina mit ihm nach Hause ging. Sie sollte nicht denken, dass er wegen ihr Ordnung hielt – obwohl er das natürlich tat. Zugleich durfte er sich keine überzogenen Hoffnungen machen. Was, wenn Alina in abblitzen ließ? Aber warum dann dieses Date?

Arnold strich sich das Jackett glatt, nahm den Autoschlüssel vom Haken und verließ seine vier Wände.

Wie er befürchtet hatte, kam er nur im Schneckentempo voran. Er hätte laufen sollen, nun war es zu spät. Eine Viertelstunde bis um sechs. An einem guten Tag brauchte er für die

Strecke fünf Minuten. Doch heute stand alles still. Er drückte auf die Hupe. Jemand antwortete ihm und noch immer bewegte sich keines der Fahrzeuge.

»Verflucht!« Er schlug auf das Lenkrad ein, aber auch davon rührte sich nichts. Alina würde schon im Restaurant sitzen und ungeduldig auf die Uhr blicken. Mit Sicherheit ging sie, wenn er nicht pünktlich kam. *Wer kann ihr das verübeln?* Schließlich war sie es, die sich so dafür in Zeug gelegt hatte, ihn endlich einmal außerhalb der Arbeit zu treffen. Nun war er drauf und dran, alles zu vermasseln.

Gehetzt sah er sich um, entdeckte eine Einfahrt, lenkte den Wagen auf den Bürgersteig und fuhr an den hupenden Leidensgenossen vorbei. Mitten in der Zufahrt hielt er an, zog den Schlüssel ab und sieg aus. Wenn der Eigentümer kam, sollte er das Auto halt abschleppen lassen. Es gab Wichtigeres im Leben, als im Stau zu stehen. Arnold lief los und hielt sogleich wieder an. Er musste Alina anrufen. Sie würde es verstehen. Hoffte er.

Er tastete nach seinem Handy, konnte es aber nirgendwo finden. Er rannte weiter, wiederholte die Prozedur, bis ihm einfiel, dass es noch treu und brav auf dem Schuhschrank in seiner Wohnung lag. Prima. Alles, was man falsch machen konnte, machte er falsch. *Also schneller laufen.*

Doch schon nach wenigen Metern musste er stehen bleiben. Vor ihm versperrten drei ineinanderverkeilte Fahrzeuge die Kreuzung Humboldtstraße/Cranachstraße. Mit raschem Blick stellte er fest, dass niemand verletzt war. Fünf erwachsene Menschen standen mitten auf der Straße und brüllten sich an, wie Kindergartenkinder.

Wegen diesen Idioten kam er zu spät? Super. Auf jeden Fall hatte er jetzt einen guten Grund. Und wenn Alina ihm nicht glaubte, so konnten sie morgen in die Unterlagen der Kollegen blicken und dort würde es schwarz auf weiß stehen.

Er vernahm die Sirenen der

nahenden Streife. Einen Moment überlegte Arnold, sie abzufangen und zu bitten, ihn rasch bis zur Schillerstraße zu fahren, verwarf den idiotischen Gedanken aber wieder. Er würde sich lächerlich machen. *Man, was diese Frau mit mir anstellt. Früher hätte ich im Leben nicht an solche Sachen gedacht.* Er schüttelte den Kopf. Ihm blieb nichts anderes übrig, als weiter zu laufen und zu hoffen, dass noch nicht alles zu spät war.

***

Christian Griso verteilte das Gel und betrachtete sich mehrere Sekunden lang im Spiegel. Sämtliche Haare standen ab, machten ihn zu einem unkultivierten Monster. Nein, so konnte er nicht gehen. Jeanette würde einen Herzinfarkt bekommen, wenn er so zu einer Verabredung mit ihr erschien.

Er wusch sich die Haare erneut, frisierte sie noch einmal. Auch jetzt wollte es nicht so recht klappen, doch die Zeit lief ihm davon. Zehn

Minuten, dann war es so weit. Den Weg zum Restaurant schaffte er in Drei. Kein Problem. Der Vorteil, wenn man im Stadtzentrum wohnte. Christian schlüpfte in seinen guten Sonntags-Anzug und beschloss, es auf einen letzten Versuch mit seinen Haaren ankommen zu lassen. Während er das Gel einmassierte, dachte er an seinen Partner Arnold. Was er wohl machte? Nach dem Anruf von Alina war er schweigsam gewesen. Regelrecht stumm. Er bezahlte im Café und ging. Seither war er wie vom Erdboden verschluckt. Was hatte Alina ihm gesagt?

Er blickte noch einmal in den Spiegel, schüttelte den Kopf und gab es auf. Sie musste ihn nehmen, wie er war. Ob sie wollte, oder nicht; für ein weiteres Bemühen blieb keine Zeit.

Er griff nach seinen Zigaretten, zögerte und warf sie davon. Soweit er wusste, rauchte Jeanette nicht. Dann wollte er es heute Abend auch nicht tun. Mit dem Finger fuhr er sich über die Zähne. Sauber waren sie.

Ideal um zu … Er spürte, wie Hitze in seine Wangen schoss, und verließ die Wohnung, bevor seine Gedanken ihm entglitten.

Er rief den Aufzug, der sofort kam. Die zwei Etagen hätte er laufen können, überlegte er einen Moment, doch dann war es schon zu spät. Die Türen schlossen sich, die Kabine sauste nach unten.

Ein Ruck. Die Welt um ihn herum stand still.

»Was soll das denn?« Das Licht im Aufzug erlosch. »Das darf doch nicht …!« Er betätigte den Erdgeschossknopf.

Nichts geschah.

Wieder und wieder drückte er den Schalter, um die Türe zu öffnen.

Sie blieb verschlossen.

»Verfluchte Scheiße!«, brüllte er und wusste, dass er zu spät kommen würde.

***

Schon von weitem sah Arnold das Restaurant. Ein Blick auf die Uhr sagte ihm, dass er gut fünfzehn Minuten zu spät dran war. Fünfzehn Minuten. Aber immerhin innerhalb des akademischen Viertels, oder? Ob Alina das mit einem ähnlichen Humor sah?

Er verlangsamte seinen Schritt, strich sich die Haare in Form und kontrollierte den Sitz seines Anzuges. Dabei bemerkte er diesen herben Duft, der aus jeder seiner Poren zu kriechen schien. *Verflucht, auch das noch!* Er war gerannt, sein Deo versagte ihm den Dienst. So konnte er unmöglich auftreten.

Arnold blickte sich um. Nirgendwo gab es eine Drogerie, wo er auf die Schnelle ein Deo herbekam. Vielleicht schaffte er es, sich auf die Herrentoilette zu schleichen, bevor Alina ihn sah? Wenn ihm das gelänge, dann …

»Mensch Borgi, du auch hier?«

Er sah in die Richtung, aus der die wohlbekannte Stimme drang, und erkannte seinen Freund und Partner Christian Griso.

»Ja? Und du?«

Dass Chris um diese Uhrzeit, in dieser Aufmachung joggen ging, war für ihn neu.

Auf seinen Wangen zeichneten sich rote Flecken ab. »Jeanette hat mich zu einem Abendessen in den Frauenhof … Moment mal!« Er zeigte mit dem Zeigefinger auf Borgi und lachte.

»Was Moment mal? Klärst du mich bitte auf?«

»Die Frauen haben uns …«

»Wir haben euch gedatet. Richtig.« Alina und Jeanette standen, wie aus dem Boden gewachsen, plötzlich vor ihnen. Beide verschränkten die Arme vor der Brust und klopften mit der Fußspitze auf die Pflastersteine.

»Und ihr habt uns versetzt. Das finden wir nicht gerade lustig.« Jeanette trat hervor und zog Christian mit sich an einen freien Tisch, der für Vier gedeckt war.

»Ich verstehe nicht«, stammelte Arnold, für den das Ganze noch immer keinen Sinn ergab.

»Ihr seid Feiglinge.« Alina nahm ihn bei der Hand und führte ihn mit sich. »Aus diesem Grund haben wir uns gedacht, jetzt ergreifen wir endlich die Initiative. Ihr beide kommt doch sonst nie aus euren Schneckenhäusern heraus.«

»Und letztendlich werden wir auch nicht jünger«, setze Jeanette fort und zwinkerte Chris zu. »Wollt ihr etwa warten, bis wir hässliche alte Schabracken sind? Glaub mir, das wollt ihr euch nicht antun.«

Der Abend war zu seiner Überraschung sehr angenehm verlaufen. Dass Christian und Jeanette dabei gewesen waren, störte ihn nicht. Im Gegenteil. Immer dann, wenn er nicht weiter wusste oder ihm der Gesprächsstoff ausging, war Chris eingesprungen. Trotz des Doppel-Dates kamen er und Alina sich an diesem Abend näher. Näher, als je zuvor. Sie naschte von seinem Teller, während er von ihrem Wein kostete. Als sie seine Hand nahm, meinte er, verbrennen zu müssen. Er schaute in ihre Augen. So tief, so blau, so unergründlich. Er vergaß alles um sich herum, wollte nur noch in dieser Frau versinken, die sein Herz zum Klopfen brachte.

Nur am Rande bemerkte er, dass Christian und Jeanette es ihnen gleichtaten. Er freute sich für seinen Freund, der im nächsten Moment wieder in Vergessenheit geriet.

»Du bist so wunderschön«, flüsterte er und strich Alina durch das Haar. »Wie konnte ich so lange an dir vorbeigehen, ohne durchzudrehen?«

»Diese Frage musst du dir selbst beantworten«, hauchte sie und lächelte zugleich.

Seine Knie zitterten, während sich ein angenehmes Ziehen in seiner Leiste bemerkbar machte.

»Lass uns zu dir gehen«, sagte sie leise und warf dabei einen Blick zu Jeanette, die ihr kaum merklich zunickte.

»Gern«, gab er zu und schlagartig fiel ihm ein, dass sein Auto bestimmt längst abgeschleppt worden war. Der Zauber der Romantik erlosch wie eine Kerze im Wind. »Wir müssen laufen. Meine Karre …«

Sie legte ihm einen Finger auf die Lippen. Sie schmeckte so wunderbar süß. Er wollte mehr von ihr. Jetzt, an diesem Ort. Arnold schloss die Augen, genoss die Berührung.

»Pst. Ich gehe gerne mit dir spazieren.«

Der Kellner brachte die Rechnung, und die Wege der Pärchen trennten sich. Chris warf ihm einen schelmischen Blick zu, dann verschwand er mit Jeanette im Hauseingang seiner Wohnung.

Er hörte sie kurz vergnügt quieken, bevor sich die Stille der Nacht wie ein Schleier über sie senkte. Arnold legte seinen Arm um Alinas Hüfte, betete einen Moment, sie möge ihn nicht wegstoßen und registrierte voll Zufriedenheit, dass sie sich näher an ihn drängte. Sie folgen der kleinen, schon schlafenden Straße.

»Alina, es tut mir leid, dass ich zu spät gekommen bin. Mein Wagen …« Sie erreichten die Cranachstraße. Von dem Unfall am Abend waren nur noch diverse Glassplitter und Kreidemarkierungen zu erkennen.

»Du brauchst dich nicht entschuldigen. Wir haben damit gerechnet, dass ihr zu spät kommt.«

»Ihr?«

»Du und Chris. Ihr seid euch so unglaublich ähnlich. Und wenn einer von euch zu spät kommt, dann tut es der andere unter Garantie auch.« Sie blieb stehen und nahm ihn bei den Händen. »Ihr könntet Zwillinge sein.«

»Aber wir haben noch nicht einmal gewusst …«

Sie versiegelte seine Lippen mit einem Kuss.

Ihre Lippen waren so weich, wie er es sich immer vorgestellt hatte. Sie duftete nach einer Sommerblumenwiese und er wünschte sich, sein Bett würde hier in dieser Straße stehen, damit er sie ausziehen und in seine Arme nehmen konnte.

Ihre Zunge schob sich langsam seiner entgegen, neckte sie, zog sich zurück, bevor er dieses Spiel erwidern konnte.

Ein wenig war er aus der Übung gekommen, das musste er sich eingestehen und ergriff sofort die Verfolgung. Ein Seufzen aus Alinas Kehle sagte ihm, dass er genau das Richtige tat. Er wollte sie haben, jetzt gleich und hier und hob sie hoch. Mit dem Rücken drückte Arnold sie an einen Mauervorsprung, küsste ihre Wangen, ihren Hals. Vorsichtig zog er ihre Bluse ein Stück zur Seite. Mit den Fingern strich er über die Erhebung, die sich darunter abzeichnete, und schob den Stoff nach oben, sodass er mit seinen Lippen die rosafarbenen Knospen berühren konnte. Alina stöhnte unter seinem Ansturm und krallte sich in sein Fleisch. Seine Sinne waren ein einziges Höllenfeuer, das ihn zu verbrennen drohte. Doch wenn das der Preis für diesen Traum war, so nahm er ihn gern in Kauf.

Jemand kreischte.

Das Schreien drang in sein Unterbewusstsein. War es Alina, die vor Lust aufschrie?

Das Rufen wiederholte sich und mit einem Male wurde ihm klar, dass es nicht von der Geliebten kommen konnte.

Sie ließ von ihm ab, wandte sich in die Richtung, aus der die Schreie kamen.

»Es tut mir leid. Bleibe hier.« Er ließ von ihr ab und stürmte los. Es war der Friedhof, auf den er zu lief.

Kapitel 18
-
Das falsche Grab und ein Schrei zu viel

Sie wehrte sich, wie es keine zuvor getan hatte. Nur mit Mühe schaffte er es, sie festzuhalten. Ihre langen, roten Haare hatte er sich um das Handgelenk gewickelt, damit sie nicht abhauen konnte. Mit der anderen Hand hielt er ihr den Mund zu. Zwei Mal hatte sie schon schreien können. Das war, nachdem sie ihm in die Finger gebissen hatte. Vor Überraschung ließ er los. Ein Fehler, der ihm kein zweites Mal widerfahren durfte.

Die kleine Bestie biss weiterhin zu, aber es tat bei Weitem nicht mehr so weh, wie am Anfang. Er spürte, wie Blut an seinem Unterarm herabtropfte, ignorierte es und schleifte die Frau hinter sich her. Sie würde die Letzte sein. Das letzte Stückchen Beweis, das diese dämlichen Bullen brauchten.

Inständig hoffte er, dass sie die Verbindung zu den anderen Mordfällen erkannten. Alles schien so ungewiss, denn sein Plan besaß einen entscheidenden Makel: Diese Studentin sollte ihre Ruhe im Grab von Johann Gottfried von Herder finden.

Dabei hatte er angenommen, dass es sich ebenfalls, wie die von Schiller und Goethe, auf dem Historischen Friedhof befand. Doch bei seinen Streifzügen hatte er es nicht entdecken können und letztendlich führten seine Recherchen dazu, dass dieser verfluchte Dichter in der Stadtkirche verbuddelt lag. Dort, wo er dieses Weib nicht verscharren konnte.

Noch immer wollte er sich dafür in den Hintern beißen, dass er es zu spät bemerkt hatte. Zu einem Zeitpunkt, an dem sein Plan ausgereift und in Gang gebracht war. Nun gut, jetzt vermochte er es nicht mehr ändern. Nach diesem Opfer würde es sowieso vorbei sein. Ein für alle Mal würde dieser abartige Herder, der ihn die letzten Jahre lang bekleidet hatte, aus seinem Leben verschwinden – und mit ihm der Mann, der so besessen von ihm war, dass er sogar ein Gedeck für ihn auf den Tisch stellte.

Er zerrte das Weibsbild weiter, bis er vor einem Grab stehenblieb, aus dem er am Abend die Erde geschaufelt hatte. Den Sarg darin, jener, der Charlotte von Stein gehörte, auf den war er nicht gestoßen. Vielleicht lag die Freundin der Familie Herder und zugleich Hofdame der Herzogin Anna Amalia, nicht in ihrem Grab? Unter Umständen erging es ihr wie Schiller? Schiller, bei dem man fremde Knochen in seinem Ruhebett fand, und sich niemand erinnerte, wo er wirklich lag?

Es war einerlei. Sie gehörte jetzt in dieses Grab. Fertig.

Er zerrte sie über die schwarzen Eisenstreben, die es vom Weg abtrennten. Zu gut konnte er verstehen, warum es diese Maßnahme gab. Besucher hätten es sicherlich zertreten, bei dem Versuch, ein Foto von sich mit der Grabesinschrift zu bekommen. Manche Menschen waren so makaber. Einfach abstoßend!

Die Studentin trat gegen den niedrigen Zaun, stieß sich daran ab und machte es ihm damit noch schwerer, als es ohnehin schon war. Nach und nach riss ihm der Geduldsfaden. Was bildete sich dieses Weibsstück ein? Er ließ sie einen Moment los, wollte nachgreifen, um sie besser zu fassen zu bekommen.

Doch sie nutzte diesen winzigen Augenblick, rappelte sich auf und versuchte, über die Umzäunung zurückzuklettern.

Er war schneller.

Er hob seine Schaufel auf, die vor dem Grabstein lag, holte Schwung und ließ sie auf das Mädchen niedersausen.

Ein erstickter Schrei drang aus ihrer Kehle, dann sank sie in sich zusammen. Sekunden verstrichen, in denen sie sich nicht rührte. War sie ... Er kniete sich nieder, tastete nach ihrem Pulsschlag am Hals und seufzte erleichtert, als er ihn fand.

Alles war gut. Sie durfte ihm keinen weiteren Strich durch die Rechnung machen, nicht sterben, bevor er es ihr erlaubte.

Noch zehn Minuten, dann war der Spuk vorbei und sein Rachezug beendet.

Zufrieden legte er die Schaufel beiseite, zog die Studentin zurück in das Grab und begann, Erde auf sie zu werfen.

Kapitel 19
-
Gefahr, Erde und Endspurt über den nächtlichen Friedhof

Ein erneuter Schrei erklang. Dieses Mal war er leiser gewesen – und irgendwie – endgültig. Er beschleunigte seine Schritte. Arnold stolperte über eine Grabkante, fing sich an einem steinernen Kreuz ab und rannte weiter. Wenn er nur wüsste, aus welcher Richtung das Brüllen kam.

In der Schwärze vor ihm bewegte sich etwas. Oder jemand. Er wurde langsamer, riss die Augen so weit auf, wie es ihm möglich war. Dunkelheit herrschte auf dem Friedhof, die Bäume verstärkten die Finsternis noch mehr. Und trotzdem war da vorn eine huschende Gestalt zu erkennen. Jetzt konnte er zudem ihr Lachen hören.

Arnold schlich näher und wünschte sich, nicht so voreilig losgestürmt zu sein. Erneut vermisste er sein Handy, doch schon hörte er in der Ferne die Sirenen der Polizeiwagen. Alina, dieser Goldschatz, hatte vermutlich die Kollegen verständigt. Hoffentlich war es nicht zu spät.

Er ging vorsichtig weiter.

Mit einem Male blieb die Person vor ihm wie angewurzelt stehen. Auch sie schien die Martinshörner zu vernehmen. Sie warf etwas zur Seite, dann rannte sie los. Ein Laut dröhnte durch die Stille, als würde Metall auf Stein fallen.

Arnold hatte keine Zeit, länger darauf zu achten. Er preschte durch das Unterholz, sprang über Gräber und erreichte endlich den Weg. Hier kam er ungehindert voran, aber die Gestalt hatte einen immensen Vorsprung.

Er mobilisierte seine letzten Kraftreserven, versuchte, schneller zu rennen. Seine Muskeln zitterten bereits, doch er wusste, dass er diesen Mann nicht laufen lassen konnte. Inzwischen war es ihm klar, dass es ein Mann sein musste. Kaum eine Frau schaffte es mit solch einer

Geschwindigkeit, über diese eine Distanz, und dazu noch in tiefster Nacht, über einen Friedhof zu hetzen. Außerdem war die Figur des Flüchtenden … Er war schlaksig! Warum war ihm das nicht eher aufgefallen? Schlaksig, wie der Knabe im Hause des Professors!

»Lier Breda, bleib sofort stehen!«, schrie er.

Einen Moment lang schien es, als würde der Junge auf ihn hören. Er wurde tatsächlich langsamer, doch dann rannte er weiter; blieb abrupt vor dem Friedhofstor stehen. Ketten hingen davor, hielten es geschlossen. Es gab kein Entfliehen für ihn.

Arnold konnte trotz der Dunkelheit sehen, wie der Flüchtling nach den Streben packte und versuchte, nach oben zu klettern; aber offenbar keine Kraft mehr hatte.

Lier Breda war in eine Falle getappt, die er sich selbst gestellt hatte.

»Gib auf, Junge«, sagte er und hörte, wie sehr er keuchte. »Es hat doch keinen Zweck.« Arnold verlangsamte seinen Schritt. Lier konnte ihm nicht mehr entkommen. »Ich weiß, dass du es bist und die Polizei wird auch gleich hier sein. Gib auf, dich zu wehren. Damit machst du alles nur noch schlimmer.«

Lier sah sich um und brach plötzlich nach links aus.

»Warum kannst du nicht auf mich hören?« Arnold seufzte und sprintete ihm hinterher.

»Ja, warum kannst du nicht auf meinen Partner hören?«, sagte jemand in der Dunkelheit. Christians Stimme. »Du hast uns ganz schön den Abend vermasselt, du dämlicher Affe.«

»Scheiße! Nimm deine dreckigen Griffel von mir!«, schrie Lier.

Die Polizeibeamten legten ihm Fesseln um die Füße. Ein letztes Mal hatte er versucht zu fliehen. Noch einmal würde es ihm nicht gelingen.

»Glaubt man das? So ein kleiner Kerl macht so eine Scheiße. Lier, warum bist du vor uns abgehauen und hast nicht von Anfang an mit uns geredet? Was wolltest du mitten in der Nacht auf dem Friedhof?«, erkundigte sich Arnold und versuchte, seine Wut zu verbergen.

»Das geht euch Schweine den letzten Dreck an.« Er spuckte Arnold ins Gesicht.

Die Genugtuung, es angewidert abzuwischen, gab er ihm nicht. »Okay, wir finden es alleine heraus.« Er hatte bereits eine Vermutung, wagte es aber nicht, sie in Worte zu fassen. Steckte er mit dem Professor unter einer Decke? Stellte er einen Handlanger dar?

Liers wütende Schreie drangen aus dem Polizeiwagen, als er abfuhr.

»Toller Abend, nicht wahr?«

»Könnte ich nicht behaupten«, grummelte Chris. »Ich hatte mich gerade meiner Sachen entledigt …«

»Bitte verschone mich mit Details.« Arnold lachte, zeigte auf den Weg, den er gekommen war und wurde sofort ernst. »Wir müssen noch einmal da hinter. Irgendwas hat er dort verbuddelt. Mach dich schon mal auf das Schlimmste gefasst.«

»Na danke. Aber das habe ich schon gemacht, seit dem Moment, in dem Alina mich anrief.«

»Alina hat dich angerufen?«

»Ich wusste doch, dass ihr beide zusammen nach Hause geht.« Er grinste so breit, dass Arnold selbst in der Dunkelheit seine weißen Zähne leuchten sah. »Aber du willst mir sagen, dass du unschuldig bist, oder was?«

»Hab ich nie behauptet.«

Ein Stöhnen zerschnitt die nächtliche Ruhe auf dem Friedhof. Sie zögerten keinen Augenblick.

Ohne Mühe fand Arnold das Grab, an dem er Lier entdeckt hatte. Der Untergrund war unsauber aufgeschichtet, die Metallschaufel spiegelte ein verirrtes Licht wider.

»Da liegt jemand!« Arnold entdeckte Kopf und Hals des Mädchens, die aus dem Erdhügel ragten. Offenbar hatte er Lier gestört, noch bevor er sein Werk zu Ende bringen konnte.

»Und sie lebt noch!« Chris stürzte

sich auf den Hügel und begann mit beiden Händen die Erde zur Seite zu schaufeln.

Arnold ließ sich ebenfalls nieder und grub mit. Der Schweiß stand ihm auf der Stirn, als seine Finger auf menschliche Haut stießen. Langsam kam sie zu sich, riss die Augen auf und begann, Dreck zu spucken. Einen Augenblick später begann sie unmenschlich zu kreischen.

»Schon gut«, versuchte Chris sie zur Ruhe zu bringen. »Du brauchst keine Angst zu haben. Alles ist in Ordnung.«

»Wir sind von der Polizei. Der Kerl, der dir das angetan hat, ist weg. Er kann dir nie wieder etwas tun.«

Tränen rannen ihr die Wangen herab und vermischten sich mit der Erde, noch immer jammerte und schluchzte sie.

Sanft wischte Arnold die Tränen davon. »Wir helfen dir hier raus. Christian, rufe du bitte einen Krankenwagen. Das Mädchen muss in die Klinik.«

Arnold Borge grub die Studentin

zur Gänze aus, bis sie zitternd neben dem Grab der Charlotte von Stein saß. Sie sagte kein Wort und griff stattdessen in ihre Hosentasche und zog ein Stück Papier hervor.

Einen Moment lang traute er seinen Augen nicht. Ein seichter Wind wehte über den Friedhof, als sie ihm den Brief gab.

Das Grab

Erdenge zweier Welten, stilles Grab!
Wie schweiget's um Dich her!
Diesseit ist Nacht
Und Staub,
ein Häufchen todter Asche nur;
Und jenseit kommt kein Laut zu mir
herüber,
Kein sel'ger Geist,
der diesen Staub besucht,
Kein Traumgesicht.
– Nacht ist es um mich.
Hoch Daroben funkeln Sterne.
Glänzet Ihr,
Gestirne droben,
dem entschwungnen Geist?
Und bricht dem Todten,
wie dem Schlummernden,
Ein neuer Morgen an?
Was zweifelst Du,
In mir, Unsterblicher,
der hier am Rath
Und Werke der Natur
schon Antheil nahm?
Er sann, was sie ersonnen,
und er traf's,
Aussprechend ihre Regel, ihr Gesetz,

Und bot unausgeschlagen ihr die Hand
Zum edelsten, zu ihrem ew'gen Werk,
Dem Ordnen durch Verstand und Güte.
Wenn Sie fortan Dein zu ihrem Dienst bedarf
(Und sie verschmäht,
die reiche Sparerin,
Die nichts verthut und mit dem Mindesten
Das Größeste verrichtet, keine Kraft
Und Uebung),
wenn sie fortan Dein bedarf,
So sage willig: »Ich bin da! Und web'
In meinem kleinen Winkel emsig fort
An jenem Schleier der Penelope-
Minerva, der unübersehbar dort
In Millionen Sternen prächtig glänzt.

Mein Werk ist nun vollbracht und ich hoffe, Sie hatten ebensolchen Spaß dabei, wie meine Person? Kommissar Borge, Kommissar Griso, ich danke Ihnen für Ihre Beteiligung an diesem Spiel und würde mich freuen, wenn wir uns eines Tages wieder über den Weg laufen.

Vielleicht beginnen wir dann ein neues Spiel? Eines, in denen Sie die Hauptrollen besetzen?

Hochachtungsvoll,
Ihr Johann Gottfried von Herder
alias
Professor Wolfgang Methelen.

»Ich glaube, mehr Beweise brauchen wir nicht, oder?« Christians Stimme zitterte.

»Die dürften wohl reichen.« Er gab seinem Partner das Stück Papier. »Kannst du mir sagen, warum er das getan hat? Warum wollte er dem Professor die Morde in die Schuhe schieben?«

»Aus Neid? Aus Gier?« Christian faltete den Zettel zusammen.

Mit Blaulicht hielt der Krankenwagen. Die Sanitäter sprangen heraus und blieben vor dem verschlossenen Tor stehen.

»Ihr müsst zum Haupteingang«, rief Arnold ihnen zu. »Wie geht es Ihnen?« Er strich der jungen Frau eine Haarsträhne aus dem Gesicht.

»Ich lebe«, murmelte sie. Ihr Blick verlor sich in der Ferne, während sie weitere, unverständlichere, Worte murmelte.

»Das tun Sie. Sie werden noch viele Jahre leben und glücklich und alt werden.«

Nachdem die Sanitäter sie mitgenommen hatten, wandte sich Chris wieder an ihn. »Wahrscheinlich werden wir das nie erfahren«, beantwortete er die Frage von vorhin.

Arnold wischte sich den Schweiß von der Stirn. »Wir werden es sehen.«

Er spürte warme Hände auf seinem Rücken, wagte es aber nicht, sich herumzudrehen. Sein Herz klopfte wie wild. »Die Nacht war wirklich aufregend. Ich glaube, so schnell kann ich nicht einschlafen.« Er zwinkerte Christian zu.

»Das brauchst du auch gar nicht.« Alina umarmte ihn. »Ich weiß etwas, das dich die ganze Nacht wach halten wird.«

»Na da bin ich aber gespannt.« Er

lächelte und ließ sich von Alinas Lippen in eine andere Sphäre entführen.

Kapitel 20
-
Jugendfehler und ein Geständnis

»Lier, rede mit uns. Das kann dir nun entgegenkommen. Warum wolltest du den Professor des Mordes bezichtigen?« Arnold saß dem Jungen gegenüber, dem die Tränen in den Augen standen.

Breda ballte die Hände zu Fäusten und schwieg beharrlich. Das ging seit drei Stunden so.

»Höre zu, wir bekommen es so oder so aus dir heraus. Einfacher für uns alle wäre es aber, wenn du endlich dein Maul aufmachen würdest.« Christian Griso schlug auf den Tisch, sodass die Gläser darauf bebten. »Ich verspreche dir, du gehst lebenslänglich in den Knast. Ich bin gespannt, wie du das findest!«

»Ich werde euch gar nichts sagen.« Die ersten Worte überhaupt, seit sie das Verhör begonnen hatten. Lier Breda schloss die Augen.

So kamen sie nicht weiter. Nicht

einmal die Masche ›Guter-Bulle-böser-Bulle‹ schien bei ihm irgendeine Wirkung zu zeigen. Nichts und niemand würde ihm jetzt mehr den Arsch retten können. Sie hatten ihn während einer Tat ertappt. Wahrscheinlich wusste er um seine nichtvorhandenen Chancen, hier als freier Mann rauszukommen.

Arnold stand auf und holte sich den nächsten Kaffee. Den Achten innerhalb der letzten eineinhalb Stunden. »Wenn du willst, können wir ewig sitzenbleiben.«

»Ich habe Zeit.« Er lächelte. »Mehr, als ihr beide zusammen.«

Mit jedem Wort, das er aussprach, kamen sie seiner Aussage näher. Doch wenn es so weiter ging, würden sie noch am Abend in diesem winzigen Büro sitzen, in dem die Luft scharf nach Schweiß roch. Arnold seufzte. Der Junge hat Recht. Er hatte Zeit. Da draußen wartete niemand mehr auf ihn. So leicht wollte er sich dennoch nicht zufriedengeben.

Es klopfte an der Tür. Jeanette steckte den Kopf durch den

entstandenen Spalt. »Habt ihr ihn schon so weit?«

»Leider nicht. Er will einfach nicht reden.«

Ein Lächeln breitete sich auf ihren Lippen aus. »Ich glaube, das muss er auch nicht mehr. Wir haben den Professor gefunden. Ich bin mir sicher, er wird euch einiges erklären können.«

***

»… und so kam es, das ich meinen Sohn gleich nach der Geburt abgab. Der Traumjob meines Lebens wartete auf mich, da gab es keinen Platz für ein Kind. Ich dachte, wenn ich ihn weggebe, würde er es gut haben. Dass er Eltern findet, die ihn lieben. Ich selbst fühlte mich nicht in der Lage, ein Kind zu erziehen und wollte es auch nicht.«

»Was ist mit der Mutter?« Arnold blickte auf das Foto von Lier Breda. Er sah so unschuldig, so zerbrechlich aus. Niemand würde ihm diese Grausamkeiten, die er begangen hatte, zutrauen.

»Sie war eine Herumtreiberin. Heute diesen Mann, morgen jenen. Dazu eine Menge Alkohol und ab und an Drogen. Ich habe mir das alles viel zu lange gefallen lassen. Ich wusste, wie sie war. Dieses Kind hätte nie entstehen dürfen.« Wolfgang Methelen starrte an ihnen vorbei aus dem Fenster. »Es ist alles meine Schuld.«

»Heißt das, Sie hatten mit Amelie Methelen kein Kind?« Arnold lehnte sich nach vorn und sah den Professor an, dessen Augen rot und verquollen waren.

»Nein. Amelie konnte keine Kinder bekommen. Darüber war sie sehr bekümmert. Es war auch ein Grund, weshalb ich das Kind auch später nicht bei mir aufnehmen konnte. Es hätte ihr das Herz gebrochen. Nun, die Mutter meines Sohnes brachte sich etwa ein Jahr nach seiner Geburt um und ich gab ihn fort. Ich hätte es trotzdem versuchen sollen. Müssen.« Der Professor schnäuzte in sein Taschentuch und stopfte es zurück in seine Tasche. Dann begann er, seinen Ehering am Finger zu drehen.

»Und Sie sind sicher, dass Lier Breda Ihr Sohn ist?« Arnold konnte nicht glauben, was er da hörte. Welch ein Zufall musste das sein, dass ein Junge in dieser großen Welt seinen Vater fand? Einen Vater, den er zum letzten Mal vor fast achtzehn Jahren gesehen hatte? Er schüttelte den Kopf. Es ergab keinen Sinn. Woher besaß er die Information, dass der Professor sein Erzeuger war? Woher rührte der Irrglauben, dass Amelie seine Mutter war?

Er wusste, dass Jeanette beim Jugendamt nachgefragt hatte, doch auch die wussten keine Erklärung dafür. Keines der Kinder kannte die Identität seiner leiblichen Eltern. Es gab natürlich Ausnahmen.

»Nein, das bin ich mir nicht. Aber ich fühle mich für den Jungen verantwortlich. Auch wenn er schreckliche Taten vollbracht hat – ihn zu grämen, das würde meine geliebte Amelie nicht wieder lebendig machen. Nein, das würde sie nicht wieder lebendig machen.«

»Haben Sie je zugestimmt, dass Ihr Kind nach Ihnen suchen darf? Dass es Ihre Kontaktdaten bekommt, wenn es sie möchte?«, hakte Christian nach.

Der Professor nickte zaghaft. »Ja. Ein Teil von mir liebte diesen Jungen und es zerbrach mir das Herz, ihn fortzustoßen. Insgeheim hoffte ich immer, dass er mich eines Tages sucht und findet. Ich wusste nicht, was ich ihm sagen werde, wie ich ihm alles erklären sollte, und dennoch hätte ich mich über sein Auftauchen gefreut. Allerdings bekommen Kinder diese Daten frühestens zu ihrem achtzehnten Geburtstag.«

»Und Lier lebt schon viel länger bei Ihnen, nicht wahr?«

Wolfgang Methelen nickte wieder.

»Wie er Sie fand, wird wohl ein Geheimnis bleiben, bis er sich entschließt, zu reden.« Arnold malte einen Kreis nach dem anderen auf seinen Block. Im Kreise drehen, das taten sie sich ebenfalls.

»Wären Sie mit einem Bluttest

einverstanden?«, hörte Arnold Christian sagen, während er aus dem Fenster sah.

Da draußen wartete noch eine Aufgabe, die ihm schwererer fiel, als alles andere. Er wollte nicht daran denken, und dennoch schlich sie sich stets zurück in sein Gedächtnis, drängte sich ihm auf, seit dem Abend mit Alina.

Er wandte sich wieder dem Professor und seinem Partner zu. Zuerst mussten sie diesen Fall abschließen und dafür Sorge tragen, dass Lier seine gerechte Strafe erhielt. Danach würde er tun, was er tun musste.

»Sie können gerne einen Bluttest machen«, riss der Professor ihn aus seinen Gedanken. »Aber es würde an meinen Empfindungen für diesen Jungen nichts ändern. Wenn ich vielleicht auch nicht sein Erzeuger bin, so fühle ich mich als sein Vater. Er lebt nun schon so lange bei mir. Ich hätte einen besseren Einfluss auf ihn nehmen und ihn nicht wie ein Dienstmädchen behandeln sollen. In meiner Vergangenheit beging ich viele Fehler. Heute muss ich dafür geradestehen und werde es mit Überzeugung tun.« Er klopfte sich auf die Brust. »Ich wünschte mir nur, dass er eher zu mir gekommen wäre. Viel eher.«

»Aber er hat Ihre Frau ermordet!« Christian rang sichtlich um Fassung.

»Amelie war doch schon längst tot. Ich war nur zu schwach, um sie ziehen zu lassen. Ich wollte bei ihr sein. Jetzt weiß ich, dass das ein Fehler war. Ich habe das Leben vernachlässigt. Das, was wirklich wichtig ist, ignoriert.«

»Ich fasse zusammen.« Arnold nahm sich einen neuen Bogen Schreibpapier. »Das Ganze stellte nur einen Racheakt für eine versaute Kindheit dar?«

»Wo sind wir nur hingekommen?« Kreidebleich sah Christian aus.

»Ich sehe das nicht so. Der Junge hatte seine Gründe. Von ›nur‹ einer versauten Kindheit zu sprechen, finde ich nicht gerecht. Jeder Mensch hat Anrecht auf Liebe und Zuneigung. Wenn einem das verwehrt wird, kann aus dem liebsten Kerl ein Monster werden. Und ich bin mir sicher, dass tief in Lier ein netter junger Mann steckt. Nicht alles, was ich in den letzten Jahren mit ihm erlebte, kann gespielt sein. Wir hatten ebenso gute Zeiten.« Methelen stand auf und reichte Arnold die Hand. »Ich danke Ihnen für die Aufklärung dieser Morde. An dem, was geschehen ist, fühle ich mich dennoch schuldig, als wäre ich der Mörder.«

»Aber Sie …« Christian stand ebenfalls auf und reichte ihm die Hand.

»Nein, versuchen Sie bitte nicht, mich vom Gegenteil zu überzeugen. Ich beging in meiner Jugend einen Fehler, für den ich nun zahlen muss. Ich kann die Vergangenheit nicht ändern, doch ich verspreche, mein Bestmöglichstes zu tun, um den Angehörigen dieser Frauen und meinem Sohn beizustehen.«

***

Es regnete in Strömen. Arnold zog seine Kapuze tiefer in die Stirn. Lange hatte er diesen Gang vor sich hergeschoben, hatte darauf gewartet, dass jemand ihm diesen abnahm. Viel zu lange. Niemand würde es tun.

Der Kies knirschte unter seinen Füßen. Seit seinem letzten Besuch hatte sich vieles geändert. Mehr, als er verstehen konnte. In seinem Inneren stoben die Gefühle durcheinander, doch zum ersten Mal seit langer Zeit fühlte er sich wieder sicher und geborgen. Diesen Weg, den er heute ging, musste er in Zukunft nicht mehr alleine beschreiten.

Seine Hand suchte nach der von Alina und ergriff sie. Die Frau an seiner Seite schaute nach vorn. Im anderen Arm hielt sie einen Blumenstrauß. Fest drückte er den Teddybären an sein Herz. Er fühlte sich warm an, brachte sein Frieren zum Stoppen. Da vorn warteten sein Lischen und Susanne auf ihn. Sie würde immer auf ihn warten.

Tränen mischten sich mit dem Regen, als er mitten auf dem Weg stehenblieb. »Alina, du musst nicht mitkommen. Es muss für dich …

na ja ...« Er rang um Worte, die es für das Gefühlschaos in seinem Inneren nicht gab. »... komisch sein, meine Frau und meine Tochter kennenzulernen.«

Sie lächelte und drückte ihm einen Kuss auf die Wange. »Nein. Sie gehört zu deinem Leben. Ich möchte sie gern kennenlernen.«

Arnold ging weiter und drehte sich noch einmal um, in der Befürchtung, Alina würde es sich anders überlegt haben. Aber sie folgte ihm, wenn auch mit einigen Schritten Abstand.

Nur noch wenige Meter. Da vorn, neben der Birke, erkannte er den aus weißem Marmor gehauenen Grabstein. Arnold zitterte. Es war nicht die Kälte, die in seine Knochen gekrochen war. Es war die Unsicherheit, die an ihm nagte. Durfte er eine andere Frau lieben?

Alina nahm ihm die Entscheidung ab. Sie legte eine Hand auf seine Schulter. »Das sind die beiden?« Sie schaute auf die Fotos, die Arnold auf das Grab gestellt hatte.

Wenn er mit ihnen sprach, kam es

ihm auf diese Art realer vor. So, als wären sie noch bei ihm. Er nickte und kauerte sich zu Boden. »Susanne und Lischen.« Er legte den Teddy ab und wischte sich die Feuchtigkeit aus dem Gesicht. Dann sagte er mit fester Stimme: »Susanne, Lischen, ich habe euch geliebt und ich werde euch immer lieben.« Er schluckte hart. Es war absurd und doch musste er den beiden alles erzählen und erklären. Ein Funke Schuldgefühle wich von ihm, als er die nächsten Worte aussprach: »Ich habe euch jemanden mitgebracht. Jemanden, der mir sehr viel bedeutet.«

Alina legte die Blumen auf das Grab.

Dankbar nickte er ihr zu. »Sie heißt Alina und wird von diesem Zeitpunkt an auf mich aufpassen.« Es würde noch eine Weile dauern, bis er sich frei fühlte, das spürte er. Doch der erste Schritt in die richtige Richtung war getan. Wie hatte Methelen gesagt? *›Ich habe das Leben vernachlässigt. Das, was wirklich wichtig ist, ignoriert.‹*

Sie legte ihren Kopf an seine Schulter. »Das werde ich. Versprochen.«

Printed in Poland
by Amazon Fulfillment
Poland Sp. z o.o., Wrocław

36085302R00154